● 現代英米児童文学評伝叢書 8 ●

谷本誠剛／原　昌／三宅興子／吉田新一 編

P.L.Traverse

● 森　恵子 ●

KTC中央出版

© Jerry Bauer

現代英米児童文学評伝叢書 8

目 次

P.L.Travers

Ⅰ その生涯——人と作品—— ……………………… 3

はじめに——トラヴァースと自伝—— ……………… 4

1. 子ども時代——トラヴァースの文学的土壌 ……… 6
クイーンズランド州の自然／家族の伝統
● 「メアリー・ポピンズ」シリーズとの関連①

2. 作家への道 ……………………………………… 14
舞台女優／詩人、批評家／ＡＥとの出会い／G.I.グルジェフとの出会い
● 「メアリー・ポピンズ」シリーズとの関連②

3. 「メアリー・ポピンズ」シリーズ ……………… 24
「メアリー・ポピンズ」シリーズの概要／ＡＥの死と養子カミルス
● 「メアリー・ポピンズ」シリーズとの関連③

4. 戦争と疎開 ……………………………………… 34
疎開と OWI 活動／『末ながく幸福に』／『海の旅、陸の旅』／
『飼葉桶の前のキツネ』

5. さらに作家として ……………………………… 43
ディズニーによる映画化／大学での講義、作家活動／
『フレンド・モンキー』／『眠り姫について』／『ふたつの靴』／
メアリー・ポピンズと差別問題／
晩年 ── 最後まで「神話と詩の家のお手伝い」として／結び

Ⅱ 作品小論 ……………………………………………… 57

1. メアリー・ポピンズの世界 ……………………… 58
ユニークなエブリデイ・マジック／ナンセンスの要素／神話的方法／
神話的要素／妖精物語的要素／メアリー・ポピンズの正体／
マザー・グース童謡

2. 『フレンド・モンキー』と
「メアリー・ポピンズ」をつなぐもの ……………… 82

Ⅲ 作品鑑賞 …………………………………………… 87
年表・参考文献 ………………………………………… 133
索引 ……………………………………………………… 140
あとがき ………………………………………………… 142

I

その生涯
── 人と作品 ──

P.L.Travers

はじめに ── トラヴァースと自伝 ──

「わたしは神話と詩の家のお手伝いにすぎない」（「メアリー・ポピンズの叡智」）("I'm a mere kitchenmaid in the house of myth and poetry" 'The Wisdom of Mary Poppins' Jonathan Cott, *Pipers at the Gates of Dawn*, 1983) とP.L.トラヴァース（Pamela Lyndon Travers, 1899-1996）はジョナサン・コット（Jonathan Cott）のインタビューで語っている。この神話と詩の家で生まれたのが、トラヴァースの代表作である『風にのってきたメアリー・ポピンズ』（*Mary Poppins*, 1934）に始まる「メアリー・ポピンズ」シリーズである。メアリー・ポピンズの名前は、「ＭＰ求む」と新聞の求人欄に載れば、それはナニーの募集を意味するほどイギリス人のなかに溶けこんでいる。ナニーとは住みこみで子どもの世話を専門にする女性のことである。また、ディズニーによる映画『メアリー・ポピンズ』（*Mary Poppins*, 1964）やビデオで知っている人も多いと思われる。プーさんやピーターラビットとならぶイメージ・キャラクターでもある。

　さて、メアリー・ポピンズの知名度とは裏腹に、作者であるトラヴァースは伝記や自伝に対して嫌悪感を抱いていて、『自伝風スケッチ』（P.L.Travers, "Auto-biographical Sketch", 1951）でも、「わたしの自伝的事実をさがしていらっしゃるのなら、『メアリー・ポピンズ』がわたしの人生です」(if you are looking for autobiographical facts, *Mary Poppins* is the story of my life.) とそっけない。自分の人生を語らないトラヴァースであったが、彼女の死後、生誕100年の1999年に出版された、ヴァレリー・ローソン（Valerie Lawson）著『空から彼女はやってきた』（*Out of the Sky She Came*, 1999）で彼

女の人物像がかなり明らかにされた。ローソンは、シドニーのミッチェルライブラリーで、トラヴァースが売却した手紙や物語などの資料にあたり、ロンドンにあるトラヴァースの自宅に何日も通い、彼女の写真や日記などの遺品を丹念に調べあげた。それでも、トラヴァースの人生をたどるには作品が頼りである。彼女は、「ただ結びつけることさえすれば」（P.L.Travers, "Only Connect", speech to the Library of Congress, 1967）という講演で、「考えることは結びつけること」（thinking is linking）と述べて、神話や妖精物語（昔話）など様々な結びつけを行っている。本書では、彼女自身の作品を中心に、トラヴァースの人生と作品世界、つまりトラヴァースがお手伝いをしたという「神話と詩の家」を、結びつけを行いながら探っていくこととする。執筆にあたり、ヴァレリー・ローソン著『空から彼女はやってきた』、アルバータ大学のパトリシア・デマース（Patricia Demers）著『P.L.トラヴァース』（*P.L.Travers*, Twayne's English Authors Series, 1991）、およびジョナサン・コットによるインタビュー『子どもの本の８人』の「メアリー・ポピンズの叡智」（*Pipers at the Gates of Dawn*, The Wisdom of Mary Poppins: Afternoon Tea with P.L.Travers, 1981, 1983）を参考にした。

1．子ども時代 ─ トラヴァースの文学的土壌 ─

　パメラ・リンドン・トラヴァース（Pamela Lyndon Travers）は、1899年8月9日、オーストラリアのクイーンズランド州のメリーバラにトラヴァース家の三人姉妹の長女として生まれた。本名はヘレン・リンドン・ゴフ（Helen Lyndon Goff）といった。父のトラヴァース・ロバート・ゴフ（Travers Robert Goff, 1863-1907）はロンドン生まれ。海運業者の次男で、オーストラリアに移住して砂糖きび農園の監督などを経て、メリーバラでオーストラリア合資銀行の支店長になった。母のマーガレット・ゴフ・トラヴァース（Margaret Goff Travers, 1874-1928）はオーストラリア生まれだが、スコットランド人の血を引いていた。実家はエディンバラからオーストラリアに移住し織物製造の会社を経営するシドニーの名家だったが、生まれてすぐに父親をなくし母親も再婚するなかで、マーガレットは叔母のヘレン・クリスチナ・モアヘッド（Helen Christina Morehead, 1846-1937）通称エリー叔母に育てられた。トラヴァースの二人の妹は、バーバラ（Barbara Ierne Goff, 1902-1979）、通称ビディ（Biddy）とシセリー（Cicely Margaret Goff, 1905-1987）、通称モーヤ（Moya）である。
　トラヴァースについては、最近まで生年は1906年、父は生粋のアイルランド人でオーストラリアの砂糖きび農園の農園主であるといわれていた。トラヴァースの死亡記事でニューヨーク・タイムズもそう報じたほどである。また、自伝風スケッチには「家からは一面に広がる砂糖きび畑が見渡せた」とあるが、メリー川の近くの家から見えたのはメリーバラの砂糖工場であった。この事実とのくい違いは、自分をアイルランド人といっていた父親に関しては、アイルランドに傾倒するあまり素性を

語らなかったことが原因である（実際アイルランド生まれの親戚はいた）。妻さえも夫をアイルランド生まれと信じて疑わなかったという。素性を語らないのはトラヴァース自身も同様で、彼女の子ども時代の描写には彼女の想像と願望が織りこまれている。彼女は父親はアイルランド人で農園主であったということにしておきたかったのであろう。また、「ただ結びつけることさえすれば」で、オーストラリア生まれの自分を、ウィリアム・ブレイク（William Blake, 1757-1827）の「小さな黒んぼの男の子」("Little Black Boy", Songs of Innocence, 1789) の「母さんは南の荒地でわたしを産んだ」にたとえているように、オーストラリア生まれもあまり好きではなかったようである。家の使用人を描いた思い出である『アー・ウォン』（*Ah Wong*, 1943）と『ジョニー・デラニー』（*Johnny Delaney*, 1944）も多分にトラヴァースの想像の産物といわれている。

クイーンズランド州の自然

　トラヴァース一家は父親の銀行の仕事の関係で、彼女が3歳のときにメリーバラからブリズベーンに移り、6歳のときにアローラに移っている。トラヴァースの作家としての土壌は、クイーンズランド州の自然と、もうひとつはトラヴァース家の家族の伝統である。トラヴァース家は大人中心の世界で、子どもたちを軸に回ることはなかった。おもちゃなどもほとんどなく、必要ならば自分たちで作りださなければならなかった。とくにトラヴァースは、生まれてすぐのときも、三女のモーヤの誕生のときにもエリー叔母（トラヴァースにとっては大叔母）に預けられて、6歳の誕生日は家族と離れシドニーで迎えた。その後も母親は赤ちゃんにかかりきりで、トラヴァースが何をしているかには注意をはらわず、命令ばかりした。彼女は長女として寂しい思いをしたのである。クイーンズランド州の自然と彼

女の孤独感が、トラヴァースの想像力を養うこととなった。

　4歳くらいのときからトラヴァースはニワトリごっこを始めた。一日中、彼女はにわとりになり、卵の上にすわり卵を抱くのである。このにわとりは家族の友だちであり、近所の人の名前がつけられていた。ニワトリごっこは、鳥になったつもりの巣ごもりごっこにつながり、ほぼ彼女の子ども時代を通して続いた。シダの仲間の雑草が茂る家のそばの草むらは、葉が落ちると茎の間がうってつけの鳥の巣となった。6歳くらいで自分を人間でもあり鳥でもあると思っていたトラヴァースは、腕をしっかり体に巻きつけ何時間もそこにすわってじっと卵をかえしているつもりになった。やがて母親がやってきて彼女の手足をほどき、「お昼ご飯の時に卵を産んだりしないでちょうだい」と言ったという(「メアリー・ポピンズの叡知」)。『フレンド・モンキー』(Friend Monkey, 1971)のミス・ブラウン＝ポターの家で、長い両腕をぴったり体に巻きつけ、仲間の猿たちから置き去りにされた森を思い出しているモンキーは、巣ごもりのトラヴァースの姿に重なる。巣ごもりごっこは、子ども時代の、かまってくれない両親に対する孤独感から生まれたものであると、考えられる。

　クイーンズランド州のなかでもアローラの自然の果たした役割は大きかった。アローラは南クイーンズランドに位置して、ダーリング・ダウンズの丘陵地帯に建てられた小さな町である。冬は刺すように寒く、夏は強烈に暑く、まわりから孤立した静かな町は、夢を見るにはうってつけだった。田舎で育ち公園を見たことのないトラヴァースはミニチュアの公園作りに熱中した。彼女は庭や裏手の牧草地で、ミニチュアの公園とそこに集う人々を夢中になって作った。公園作りは大人の足で公園がこわされるまで続いた。この様子は、『公園のメアリー・ポピンズ』(Mary Poppins in the Park, 1952)の「公園のなかの公園」で

描かれるジェインのミニチュアの公園作りに見ることができる。

アローラではそれまでいたブリズベーンより、星がはっきりと近くに見えた。父親の臨時の仕事人の一人であったジョニー・デラニーが星座について教えてくれた。トラヴァースは星をながめ、空で星座の星たちが遊んでいるのを想像するのが好きだった。双子座のカストルとポルックス、オリオン、ヴィーナス。彼女は星座がギリシャ神話とつながっていることにも興味をおぼえた。星座は『帰ってきたメアリー・ポピンズ』（Mary Poppins Comes Back, 1935）の「夜の外出日」の星座のサーカスや『さくら通りのメアリー・ポピンズ』（Mary Poppins in Cherry Tree Lane, 1982）の夏至祭りの宵に登場する。

J.コットのインタビューでも言っているように、トラヴァースは、日が沈んでいくのを見ると、寂しくてもの悲しいのに、とても豊かな何かを思い出すような気持ちになったという。「何かもっといいことがあるはず」とか「どこかへ行かなければならない」とかいう思いにかられて、ある日家の近くで野営していたジプシーに自分の片方のサンダルを差し出した。ジプシーがさらってくれることを期待したのだ。しかし、ジプシーは彼女を連れ去ってはくれなかった。またこの思いは、イングランドの親類から送られた児童向け百科事典の宣伝パンフレットを受け取ったときにも燃え上がった。パンフレットには「よい子のあなたへ」で始まり、百科事典を申し込んで、世界を探検しましょうという手紙がついていた。トラヴァースは自分にあてた手紙だと思い、署名にあったアーサー・ミーに手紙を書き、イングランドまでの旅費を送ってくださいと頼んだのだ。

家族の伝統

子ども中心ではないという両親の考え方は、蔵書にも表れていた。本棚には良い本も悪い本も混ざっており、数もそう多く

はなかった。シェイクスピア（W.Shakespeare, 1564-1616）、テニスン（A.Tennyson, 1809-92）、ディケンズ（C.Dickens, 1812-70）、スコット（W.Scott, 1771-1832）、イェイツ（W.B.Yeats, 1865-1939）とその他のアイルランドの詩人の作品があった。子ども向けの作品はさらに少なく、ビアトリクス・ポター（Beatrix Potter, 1866-1943）、イーディス・ネズビット（Edith Nesbit, 1858-1924）、エセル・ターナー（Ethel Turner,1872-1958）、ルイス・キャロル（Lewis Carroll, 1832-98）、チャールズ・キングズリー（Charles Kingsley, 1819-75）の『英雄物語』（*The Heroes*, 1856）、ジョージ・ファーロウ（George Farrow, 1862-1920?）の『ホワイのウォーリパッグ』（*The Wallypug of Why*, 1895）などで、寂しさから本の世界に夢中になったトラヴァースは、この蔵書をむさぼるように読んでいった。彼女のお気に入りは、聖書のエソウ（Esau）、イシマエル（Ishmael）、ルカによる福音書の放蕩息子、グリム童話、ポターのピーターラビット、ルイザ・メイ・オルコット（Louisa May Alcott, 1832-88）の『小さな紳士たち』（*Joe's Boys*, 1871）のダンであった。また、父親の『死の床の12場面』（*Twelve Deathbed Scene*）という本は暗記してしまうほど好きだった。

　蔵書に加えて、当時の子どもたちには1ペニー出せば買えるペニー・ブックがあった。1ペニーで妖精物語がひとつ買え、この種類の本を通じ、妖精物語の世界が彼女のなかに広がった。好奇心が強く議論好きであったトラヴァースは、聖書についても、神には妻がいるのかとか、ダビデやソロモンには妻以外の女性が多数いたが父親には何人いるのかなどと疑問をぶつけ、父親を戸惑わせたこともたびたびあった。また、小さい頃から詩や文章を書くことは、大好きだったが、両親は彼女が書いたものをほめて、彼女の才能を台無しにするようなことはしなかった。「W.B.イェイツには及びもつかない」と、彼女の書いたものを見

た父親は言ったという(「ただ結びつけることさえすれば」)。

　トラヴァースの両親は読んだものをすぐ会話のなかに引用し、それが家族の慣用句にもなっていた。怠け者だったトラヴァースは「努力しなさいよ、ドンベイ夫人」と何度も言われて、ドンベイは自分の名前だと考え始めたほどだった。彼女には、ドンベイがディケンズの小説『ドンベイ父子』(*Dombey and Son*, 1848)の主人公の名前であることは、わからなかった。両親は子どもたちに説明するということをしなかったのである。トラヴァースは祖母が生きていて、いろいろな質問に答えてくれたらどんなによかったかと、残念に思った。しかし、だれも質問に答えてくれず、説明もしてくれない世界では、子どもたちは自分自身で人生を築かなければならない。結果として、「ドンベイ夫人」のように詩や小説からの多くの句や節が彼女のなかに息づくようになり、彼女は想像力と詩の道に進んだのである(「ただ結びつけることさえすれば」)。

　もうひとつ、トラヴァースが父親から大きな影響を受けたものが、アイルランドの伝統であった。神話や伝説はもとより、イェイツの戯曲『キャスリン・ニ・フーリハン』(*Cathleen ni Houlihan*, 1902)を愛し、アイルランドのすることで悪いことはひとつもないという父親への郷愁は、トラヴァースの想像力をかきたてた。彼女の心は「詩人たちがたて琴をかきならし、英雄たちが雄々しく敵の首を切り落とし、ベールをかぶった貴婦人が地面に座り、死者を悼んでいる」アイルランドの緑野で占められ、ペニー・ブックのバッファロー・ビルの物語についていた広告の空気銃は、アイルランドの敵をやっつけるために使おうと思っていた。トラヴァースは自分で気付く以前から、イェイツのいう「ケルトのたそがれ」の光に浸されていたのである(「ただ結びつけることさえすれば」)。

　トラヴァースの人生は、8歳のとき、父親の突然の死によっ

て一変した。死の原因はお酒が過ぎたことと関係があったようである。家族はニューサウスウェールズ州のシドニーから20マイル離れたボーラルに住む、母方の大叔母ヘレン・クリスチナ・モアヘッドを頼って引っ越しをした。トラヴァースは地元のグラマースクールに通い、13歳からはシドニーのノーマンハースト・プライベート・ガールズ・スクールの寄宿生となった。寄宿学校では、学校新聞の記者として活躍するとともに、舞台にも憧れた。監督はロンドン生まれの俳優のローレンス・キャンベル（Lawrence Campbell）で、トラヴァースは1915年に学校のシェイクスピア劇の「真夏の夜の夢」の舞台でボトム役を演じた。翌年キャンベルは学生たちを『リチャード三世』を観に連れて行った。主役の俳優はイギリス人のアラン・ウィルキーだった。キャンベルはトラヴァースの才能を見込み、彼女を指導したいという申し出をするが、家族の反対にあった。未亡人の長女という責任がトラヴァースの肩にかかっていた。彼女は「大きくなってお母さんを助けるために何をするつもり？」と言われ続けていたのである（ミケレ・フィールド「P.L.トラヴァースと思い出話を語る」Michele Field, "Reminiscing with P.L.Travers." *Publishers Weekly*, 21March, 1986)。卒業後、彼女はシドニーの大学の奨学金を受けるよりも、就職の道を選んだ。エリー叔母が、知人が重役をしているオーストラリア・ガス・ライト・カンパニーを紹介してくれた。トラヴァースはそこでタイピストとして働き始める。

「メアリー・ポピンズ」シリーズとの関連①

トラヴァースの子ども時代の家庭生活は「メアリー・ポピンズ」シリーズと密接にかかわっている。ミニチュアの公園作りや星座に関してはすでに述べた。メアリー・ポピンズが口にする「さあ、ベッドにとびこんで！」（"spit-spot into bed"）は母親の口癖だったし、メアリーの大切な本『レディのための全知識』を母親は実際に購入して、振る舞いの指針としていた。トラヴァー

ス家のナニーは母親の方針でアイルランド系の人であったが、そのうちの一人、ベラだかバーサだかはメアリー・ポピンズの要素を多分に備えていた。ベラはオウムの頭のついた傘を持っていて、外出日にはベラの裾ひだのわきでその傘がゆれ、帰ってくるとベラは傘をうす紙に注意深く包みながら、その日の話をしてくれた。しかしすべてを話してくれるわけではなく、途中からはいくら頼んでも、もったいぶって子どもには聞かせられない話だというのが常だった（「ただ結びつけることさえすれば」）。

　ポピンズ・シリーズに登場する動物の大部分には実在のモデルがいた。アンドリューは大叔母さんの飼い犬で、ブーム提督のダックスフントのポンペイと「幸運な木曜日」のネコのクロッカス姫はトラヴァースの家に飼われ、「王さまを見たネコ」は暖炉の上の緑色の目をした陶器の置物のネコである。コリーおばさんと二人の娘は、エリー叔母の町ボーラルで雑貨店をやっていた家族がモデルで、店のおばさんの機嫌しだいで、チョコレートが苦いかんぞうエキスのキャンディに変わったりした。ボーラルにはドジャーおじさんとネリー・ルビナもいた。ドジャーおじさんは、木登りをして下りられなくなったトラヴァースの姉妹を助けてくれたことがあり、ワライカワセミやオウムなど鳥を呼びあつめる名人だった。姪のネリー・ルビナは、野原の向こうに住んでいた8歳くらいの女の子で、木の人形を思わせるような動作にぎごちないところがあった。ポケットからべとべとの会話キャンディーを取り出しては差し出した。

　メアリー・ポピンズの始まりを示唆するエピソードもある。父親の死を、トラヴァースは受け入れることができず、認められるようになるまで6年ほどもかかったという。母親のマーガレットもまた夫の死からなかなか立ち直れなかった。トラヴァースが11歳のある晩、マーガレットは家をとびだしてしまい、子どもたちは、母親がもう帰ってこないのではないかと心配した。キルトにくるまり暖炉の前にすわったビディとモーヤに、トラヴァースは魔法の白馬のお話を聞かせた。白馬は詩のシンボルでもあるペガサス（天馬）なのかもしれない。白馬には翼はないが、ひづめで泡をはじき、彗星のようにきらめきながら海面を疾走していく。白馬は子馬できれいに刈り込まれたたてがみと尻尾をしていた。「家へ帰るの？」「いいえ、白馬は家を出て、名前のない場所に向かっているのよ。」魔法の馬には遠くに、光のかたまりのようなその場所が見えていた。「翼がなくても空中に飛びあがれるの？　そして海の底まで一気に潜るのかしら？」「そう、そうよね、そうだわね！」たぶん、白馬は光のところへは決して到着しない。白馬は何を食べ、何を飲むのだろう？　何年も後に、魔法の白馬は地下を走り、とうとうメアリー・ポピンズとして姿を表したのだ、とトラヴァースは信じている（『パラボラ』の「物語はどこへ行くのか？」 "Where will all the stories go?" *Parabola*, 1982）。マーガレットは無事に帰ってきた。ただ彼女にはトラヴァースがどんなに心配し胸を痛めていたかについては、わからずじまいだった。

2．作家への道

舞台女優

　仕事に就いたものの、トラヴァースは夢をあきらめたわけではなかった。タイピストをするかたわら、ミニー・エバレット（Minnie Everett）のダンススクールに通い、シドニーで公演される劇はすべて観に行き、舞台女優をめざした。努力の甲斐あって、彼女は1920年にJ.C.ウィリアムソン（J.C.Williamson）のパントマイムのショー『眠り姫』（Sleeping Beauty）で初舞台を踏む。猛反対する母マーガレットとエリー叔母を説得するのが大変だったのは言うまでもない。この後、トラヴァースはローレンス・キャンベルの紹介でテストを受け、アラン・ウィルキーのシェイクスピア劇団に入る。アラン・ウィルキーは、彼女が高校時代に観た舞台で憧れた俳優で、第一次世界大戦でオーストラリアに逃れてきていたのだ。劇団での初舞台は1921年の『ウィンザーの陽気な女房たち』のアン・ページ役の一部だった。1922年4月、シドニーのグランド・オペラ・ハウスでは『真夏の夜の夢』でティタニア役を演じた。ウィルキーの劇団に入って、トラヴァースはヘレン・リンドン・ゴフ（Helen Lyndon Goff）という名前をパメラ・トラヴァース（Pamela Travers）に改名した。パメラは父親のゴフ一族のなかの名前から採ったもので、トラヴァースは父親のクリスチャン・ネームである。

詩人、批評家

　舞台女優をめざす間にも、トラヴァースは詩を雑誌に投稿していた。最初に掲載されたのは、眠りにつく息子にあてた「母の歌」（'Mother Song' *The Triad*, March 1922）で、1922年

3月に『トライアド』誌に載った。当時、『ブレティン』(*The Bulletin*)誌には詩人のページがあったが、そこに1923年3月にキリストをうたった「哀歌」('Keening' *The Bulletin*, 20 March, 1923)が載った。続いて恋歌、星や眠る子どもをうたった詩なども掲載された。『ブレティン』の詩人に名を連ねていたフランク・モートン(Frank Morton)は『トライアド』誌の経営者でもあったが、トラヴァースの才能を見込んで、「反撃しますわよ」('A Woman Hits Back')という見出しで定期的に記事を書くようにと依頼してきた。この申し出にトラヴァースは大喜びした。彼女の書く記事は、詩、短い物語、レポート、批評、エッセイなど多岐にわたった。この頃シドニーの新聞雑誌は、こぞって女性の編集者を雇ったり、女性の欄を設けたりしていたのである。

　また、ニュージーランドへ公演に行ったとき、クライストチャーチで『クライストチャーチ・サン』紙の新聞記者と恋に落ち、「降参」('Surrender' *The Triad*, 10 November, 1923)という詩を『トライアド』に発表した。同じ号に彼女のエロスとプシュケーをうたった「クライストチャーチの園の木々」が載っていた。この詩を散文にした原稿を「庭園についてのファンタジー」と称して、トラヴァースはその記者に見せた。記者が『サン』の編集長に見せると、編集長はその詩を新聞に発表してくれて、「女性の世界」という欄に詩と記事を書いてほしいと、彼女に依頼した。トラヴァースは一も二もなく飛びついた。彼女のコラムは「パメラの足跡:『サン』のシドニー便り」という見出しだった。これ以後、彼女は舞台女優をやめて、作家への道を歩むのである。

ＡＥとの出会い

　父親の影響で小さい頃からアイルランドに憧れていたトラヴ

ァースは、オーストラリアには飽き足りず、イギリスに渡る夢を抱いていた。1923年12月に世話になっていたフランク・モートンが突然死亡した。彼の死に背中を押されるように、1924年2月、彼女はイギリスに渡った。少しずつ旅費をためてはいたが、実際にはエリー叔母が出してくれた。ロンドンで暮らし始めて1年間、彼女は『トライアド』と『クライストチャーチ・サン』に、「おのぼりさん」としてイギリスの春や魅惑的なロンドン生活の便りを次々と送った。トラヴァースのねらいはこれに止まらず、1925年初旬には、自分の詩を雑誌『アイリッシュ・ステイツマン』(The Irish Statesman) の編集長であり、アイルランド文芸復興運動の指導者の一人、詩人であったＡＥ（ジョージ・ラッセル）(George William Russell, 1867-1935) に送った。わざと説明の手紙も添えず、切手を貼った返信用の封筒を同封しただけだった。封筒は送り返されてきたが、驚いたことになかには3ギニーとＡＥの手紙が入っていた。手紙には、トラヴァースの詩を気に入って数点を『アイリッシュ・ステイツマン』に使おうと思う、もっと作品があるのなら見せてほしい、もしあなたがアイルランドへ来られることがあったらお目にかかりましょうと、書かれていた。喜んだトラヴァースは、ただちにＡＥに会いに行った。ＡＥは57歳、彼女は25歳だった。こうして、トラヴァースはＡＥと知り合い、ＡＥからイェイツにも紹介され、この二人の詩人の友人たちにも見守られながら、『アイリッシュ・ステイツマン』に詩やエッセイを発表していくことになるのだった。

　一方、アイルランドの親類の人々は、トラヴァースの文学への情熱を困ったことだと考えていた。親類たちとの付き合いで、彼女はアイルランドの地にどっぷりつかった人々が皆、父親のように、キャスリン・ニ・フーリハンを美化し愛しているわけではないということ、ケルトのルネッサンスなどほとんど価値

がないように思っていることを知る。親類たちは、アイルランド出身の著名な劇作家ジョージ・バーナード・ショー（George Bernard Shaw, 1856-1950）をほら吹き男と呼び、トラヴァースが妖精を見る男どもとふらつくのは感心しないと言った。アイルランドの伝統を冷静に見つめるために、親類たちとの付き合いはトラヴァースにとって意味のあるものだった（「ただ結びつけることさえすれば」）。

　Ｊ．コットのインタビューで、「イェイツは偉大な詩人で、ＡＥは偉大な魂」だった、と語っているが、彼女にとってこの二人の影響は大きかった。ケルト人特有の詩的感受性と神秘的夢幻性の資質を備え、自らもアイルランドの民間伝承を蒐集し、アイルランド文芸復興運動の旗手であったイェイツに、トラヴァースは傾倒していた。彼女は、ダブリンへ向かう嵐のなか、イェイツの詩「湖中の島イニスフリー」（The Lake Isle of Innisfree, 1893）に歌われているギル湖のイニスフリーの島に立ち寄り、彼のために島中のナナカマドの枝を折り、それを抱えて彼の家を訪ねた。トラヴァースのすさまじい様子に、イェイツは黙りこんでしまった。落ち着いてから彼女はイェイツと詩の話をした。その時、机の上の水さしに、実をつけたナナカマドの一枝がさしてあるのが彼女の目に入った。イェイツは何も言わなかったが、トラヴァースはこの一本の枝から教訓を読み取った。たった一本の枝で十分だったのだ。そして書くこととの関連性を見出し、必要と思うより控え目にものを言うことが秘訣なのだと悟った。この話をイェイツから聞いたＡＥは、ＡＥの好きなダンファナゲイに行っても、彼のためにヤナギの木を全部切り倒したりしないように、木の精ドリアドを思い出しなさい、と彼女に言った。ドリアドのことを言われ、トラヴァースは神話や伝説で育ったのにイニスフリーの島で神話を忘れていたことを恥じた。そしてＡＥやイェイツたち詩人は、世界を

断片的に見るのではなく、長い時の流れや重さを感じながら眺めているのだということ、また神話や妖精物語を意味あるものとして尊重していることを知り勇気づけられた（「ただ結びつけることさえすれば」）。

　彼女のエッセイ「ＡＥの死：アイルランドの英雄、神秘主義者」("The Death of AE : Irish Hero and Mystic" *The Celtic Conscousness*, 1982）によると、ＡＥはトラヴァースを「娘、助手、徒弟あるいはその三つ合わせたもの」と考え目をかけてくれた。彼女はダブリンで行われるＡＥの文士のサロンに参加したり、ＡＥのお気に入りのドネゴール地方ブレゲイのコテージを訪問したりした。トラヴァースはＡＥから精神世界について、妖精物語や神話の意味、東洋の宗教などについて教えを受けた。ＡＥが重要視していたのは、アイルランドの国家ではなく、そこに広がって存在する精神的な結び付き、霊的な一族であった。人は名も知らぬ仲間とつながっていて、仲間の裸の魂がその人の魂と一体化して、ある瞬間にその人の前に姿を現し忘れられないものとなるのである。ブレゲイのコテージである朝、草地に巨大な足跡のような花の塊を見つけたトラヴァースが、昨夜、天空ウラノスの巨人の誰かがここに降り立った、と言うと、ＡＥは花にちらっと目をやって、当たり前のように、やってきたのだね、よくあることだ、と答えたという。またＡＥは、芸術家は皆、芸術家の精神が富や名声とぶつかった時には、富や名声を捨てる貧困の誓いをすべきである、と主張する。この考えは、トラヴァースの天国へ入るための衣装についてのエッセイ「着物」("The Garment" *Parabola* 10. 4, 1985）に取り入れられている。

　トラヴァースのロンドンでの生活は、雑誌からの収入だけでは経済的に苦しかった。彼女は、アイリッシュ・ステイツマン社で雇ってほしいとＡＥに頼むが、そんな余裕はないと断られ

る。ＡＥは彼女に共同でアパートを借りる相手として、マッジ・バーナンド（Madge Burnand）を紹介してくれた。マッジは、劇作家であり法廷弁護士、そして20年間にわたり『パンチ』誌の編集責任者でもあった、故サー・フランシス・バーナンド（Sir Francis Burnand, 1836-1917）の六人娘の一人だった。トラヴァースとマッジの友情は深まり、二人はこれ以後10年以上一緒に暮らすことになる。またトラヴァースにとって、アイルランド生まれでアイルランドの文学界とつながりのあったマッジの存在は大きなプラスであった。

　トラヴァースは、母親のマーガレットとはずっと文通を続け、世に出た詩や物語は全部母の元へ送っていた。さらにそれをマーガレットがエリー叔母に見せていた。大人の小説で母の旅費を稼ぎ、1927年に一度、彼女はマーガレットをイギリスによんでいる。その後もマーガレットに対して、経済的な援助をし続けた。ところがマーガレットは1928年11月に、心臓発作で世を去ってしまう。最後までマーガレットは、娘の健康と仕事と幸せを心配していた。トラヴァースは突然の母の死に、深い悲しみに突き落とされた。1934年に出版した『風にのってきたメアリー・ポピンズ』を彼女は母に捧げている。

　トラヴァースは1920年代後半になると、自分の健康に不安を

◇ＡＥの愛したドネゴール地方

抱くようになった。インフルエンザやはれものや肺疾患などを繰り返し、1928年の夏には療養もかねて、マッジと一緒にスペインとイタリアに旅行するが、効果はなかった。母マーガレットの死のあと、肋膜炎やプトマイン中毒なども患い、ますます体調は悪化した。ＡＥも自分のことのように心配してくれた。1931年には、結核を疑った医者からサナトリウムに入るように言われた。また医者にロンドンの生活は無理だと言われ、ロンドンを離れメイフィールドのパウンド・コテージに移る決心をする。パウンド・コテージは1632年に建てられた草葺きの小さな古い家で、ドームズデー・ブック（土地台帳）にも記載されている。まわりには見渡す限り田園が広がっていた。台所には冷蔵庫はもちろん電気もなく、マッジは石油ストーブで料理をした。1932年夏、サナトリウムから帰ってきたトラヴァースは、パウンド・コテージで静養すると、元気を取り戻した。そしてＡＥも驚いたことに、単身ロシアへ旅立つのである。このロシアへの旅は、『モスクワ紀行』（*Moscow Excursion*, 1934）として1934年に 出版された。

G.I.グルジェフとの出会い

　1933年、トラヴァースはＡＥに頼み、ＡＥの友人で『ニュー・イングリッシュ・ウィークリー』の編集者であるアルフレッド・リチャード・オレイジ（Alfred Richard Orage, 1873-1934）を紹介してもらった。オレイジに才能をみこまれ、彼女は、『ニュー・イングリッシュ・ウィークリー』に詩を寄稿し始め、ほどなく同誌の劇評家になり、「ピーター・パン」から「真夏の夜の夢」まで、舞台や映画を批評していく。オレイジとの交流は１年と短かったが、トラヴァースがオレイジから受けた恩恵はこれだけではなかった。オレイジはマダム・ヘレナ・ブラバツキ（Helena P. Blavatsky, 1831-1891）の神知学

派の流れをくむ、ジョージ・イワノヴィッチ・グルジェフ（George Ivanovitch Gurdjieff, 1866-1949）の布教活動をしていた。トラヴァースはオレイジを通じグルジェフに出会うことになったのである。自分の師はＡＥとグルジェフだと、彼女はＪ.コットに語っている。彼女にとってＡＥが文学的な父であるなら、グルジェフは精神的な父であった。当時、マダム・ブラバツキの神知学協会は、ＡＥやイェイツにも大きな影響を与えていた。ＡＥから聞いた神知学にはじめは疑問をいだいていたトラヴァースだったが、オレイジの話を聞き積極的な信奉者に変わった。彼女が実際にグルジェフに会うのは1936年である。

　神知学には、ゾロアスター教やヒンズー教、グノーシス主義などが混同している。人間は肉体に閉じこめられ本来の自己（霊性）を忘却し深い眠りのなかに落ちこんでいる。眠りをさまし本来的自己に目覚め、それが神性と同じであることを認識し救済にいたるという思想である。目覚めるためには超人的な努力が必要である。グルジェフの提唱する「仕事」を通じ、知性と感情と肉体の三つをつなぎバランスをとることで、それが可能になる。ところでトラヴァースによれば、妖精物語は人間の真の姿を見せてくれるものであり、それは子ども時代以降は眠りにおちている。自分が何者であるかを認識するために、人間は妖精物語を眠りから呼び覚まさなければならない。トラヴァースは眠っている妖精物語と本来的自己は同じものと考え、ここで彼女のなかで妖精物語と神知学は結びつくのである。

「メアリー・ポピンズ」シリーズとの関連②

『トライアド』『ブレティン』『クライストチャーチ・サン』にトラヴァースが書いた詩や短編のなかには、「メアリー・ポピンズ」シリーズの基となったものが見られる。1923年6月に書いた詩「はみだし仲間のジプシーさ

ん」("Raggedy-taggedy Gipsy Man")には、小さい頃に会ったジプシーの思い出と、ポピンズ・シリーズに登場するマッチ売りのバートと怠け者の使用人ロバートソン・アイを思わせる。これよりももっとポピンズ・シリーズに直結しているのが、1923年7月5日に『ブレティン』に発表された「乳母の子守歌」("The Nurse's Lullaby")である。これには「……メアリーかあさんやってくる、髪に星をつけるため」(And Mary the Mother comes to set A star within your hair)と、乳母のメアリーという名前が挙がっている。1924年12月に『トライアド』に載った短編「チビちゃんデカちゃんのためのお話」("Story for Children Big and Small")は、王様とおつきと道化師（おろか者）についての話で、『帰ってきたメアリー・ポピンズ』の「ロバートソン・アイの話」の原点である。

　『クライストチャーチ・サン』のためにトラヴァースは、パリの本屋で会ったパンの神を思わせる少年の話を書いた。少年はキップリング（Rudyard Kipling, 1865-1936）の『なぜなぜ物語』(Just So Stories, 1902)を読んでいたが、その本を老人が買う。びっくりした少年にトラヴァースが声をかけると、少年は走っていってしまった。のちに、彼女は少年を公園のブロンズの台座の上に見つける。この話は1926年3月8日にサン紙に載った。『とびらをあけるメアリー・ポピンズ』の「大理石の少年」につながる話である。続けて1926年3月20日に発表されたのは「踊る牝牛の不思議なお話」("The Strange Story of the Dancing Cow")で、これには「このお話をサン紙に書いた、パメラ・トラヴァース嬢はロンドンで急速に有名になりつつあります。今日、風変わりなファンタジーの分野で彼女に太刀打ちできる作家はほとんどいないでしょう。年寄りの赤い牝牛の不思議なお話、読んでください。牝牛は目覚めたら星熱にかかっていたのです」という自慢がついている。この話は、『風にのってきたメアリー・ポピンズ』の「踊る牝牛」と一致する。

　特筆すべきは、1926年11月13日にサン紙に発表された「メアリー・ポピンズとマッチ売り」("Mary Poppins and the Match Man")である。これは、バンクス家のナニーであるメアリー・ポピンズの外出日の話で、メアリーは白い手袋をはめ、オウムの柄の傘をかかえて、マッチ売りのバートに会いに行く。二人はバートが歩道に描いた絵のなかに入り、午後のお茶を楽しみ、メリー・ゴウ・ラウンドに乗り、マーゲイトまで行ってくる。帰宅すると、メアリーはジェインとマイケルの問いに、おとぎの国へ行ってきたと答える。この話は『風にのってきた』の「外出日」とほぼ同じで、等身大のメアリー・ポピンズが姿を表したのである。

　『モスクワ紀行』を出版したあと、トラヴァースは書きためた短編をＡＥに見せて相談に乗ってもらった。彼女は詩では一流になれないことがわかっていて、活路をどこに見いだしたらよいか、迷っていたのだった。ＡＥ

は、メアリー・ポピンズはトラヴァースを映しているはずなので、もっとトラヴァース自身を前面に押し出したらどうか、描かれた冒険は面白いと言った。ＡＥとトラヴァースは、メアリーの名前はマイア（「クリスマスの買物」）からきているのではないかとか、メアリーはさまよえる星なのではないかとか、メアリーが何者なのかについて話し合った。そしてＡＥの次の言葉から、メアリー・ポピンズが妖精物語と同じ世界から現れたことを、彼女は理解した。

　「ポプキンズ（メアリー・ポピンズ）が、もしほかの時代に、彼女が属していると思われる古代に、生きていたとしたら、長い金髪で、片方の手に花輪、そして、もう一方の手には多分、槍を持っていただろう。目は海のようで、鼻はととのった形をしており、足には翼の生えたサンダルをはいていただろう。しかし、今はヒンズー教徒の言葉でカリ・ユガ（末世）だから、彼女はその時代に最も適した服装であらわれるのだ」

（「ただ結びつけることさえすれば」）

'Popkins, had she lived in another age, in the old times to which she certainly belongs, would undoubtedly have had long golden tresses, a wreath of flowers in one hand, and perhaps a spear in the other.Her eyes would have been like the sea, her nose comely, and on her feet winged sandals. But, this being Kali Yuga, as the Hindus call it — in our terms, the Iron Age — she comes in the habiliments most suited to it.'

　　　("Only Connect" *Only Connect: Reading on Children's Literature*, 1969)

　また、ＡＥはトラヴァースに、火山から吹き出した石が何百万年もの昔を少年に語るとか、椅子がその上に座った人々について語るとか、無生物に命を与えるような書き方をアドバイスした。これはポピンズ・シリーズの、「わるい水曜日」の飾り皿や「王さまを見たネコ」の陶器のネコや「大理石の少年」のネリウスの石像などに生かされている。

3．「メアリー・ポピンズ」シリーズ

「メアリー・ポピンズ」シリーズの概要

「10代の頃、メアリー・ポピンズという人が子どもたちを寝かしつけるという短いお話を書いて、それが新聞に掲載されたことがある」と、トラヴァースはJ.コットに語っている。また、『自伝風スケッチ』のなかで『風にのってきたメアリー・ポピンズ』を書き始めたときのことを次のように述べている：

> わたしは、病気が回復にむかったとき、『風にのってきたメアリー・ポピンズ』を書き始めました。それは草葺きの小さい古い家ですが、ドームズデー・ブック（土地台帳）に記載された領主の館で、まわりに広がるサセックスの田園地帯は、歴史と伝説に満ちていました。でも、わたしの胸のうちに妖精物語の気分をかきたてるために、こういう環境が必要だったというわけではありません。なにしろ子どもの頃のわたしときたら妖精物語に首までつかっていて、いわば肌身離さず持ち歩いていたのですから。よく思うのですが、あのときメアリー・ポピンズはわたしを喜ばせようとやってきたのです。そして、わたしが書きとめておいたメアリーの冒険を読んで、友だちが面白いといったので、メアリーに長くうちにいてもらって、わたしが本を書くことなったのです。わたしは一瞬たりとも、自分がメアリー・ポピンズを創作したなどと思ったことはありません。おそらくメアリー・ポピンズの方がわたしを創作したのです
>
> . . . recovering from an illness, I began to write Mary

Poppins. The house was a small old thatched manor, mentioned in Doomsday Book and the Sussex countryside that spread out round it was full of history and legend. But I did not need these to excite in me the atmosphere of fairly tale for I had soaked myself in that all through my childhood and had, as it were, borne it along with me till my grown-up years. I have always thought Mary Poppins came then solely to amuse me and that it was not till a friend saw some of her adventures written down and thought them interesting that she decided to stay long enough for me to put her into a book. I never for one moment believed that I invented her. Perhaps she invented me ...

　上記の引用にある「草葺きの小さい古い家」は、パウンド・コテージのことである。長いことトラヴァースの胸のうちにあったメアリー・ポピンズという名前が、1930年代はじめ病気の回復期によみがえり、オーストラリアで幼い妹たちにお話を聞かせたときのように、作者を鼓舞し『風にのってきたメアリー・ポピンズ』が出来上がったのである。あるいはトラヴァースの言葉を借りれば、メアリー・ポピンズがトラヴァースに話を書かせたのである。

　メアリー・ポピンズを扱った作品は全部で10冊ある。作品を年代順にならべると、『風にのってきたメアリー・ポピンズ』(1934)、『帰ってきたメアリー・ポピンズ』(*Mary Poppins Comes Back*, 1935)、『とびらをあけるメアリー・ポピンズ』(1943)、『公園のメアリー・ポピンズ』(1952)、『メアリー・ポピンズ Aから Z』(*Mary Poppins from A to Z*, 1962)、『メアリー・ポピンズ Aから Z　ラテン語編』(*Maria Poppina ab A* ad Z, 1968)、『メアリー・ポピンズのぬり絵絵本』（A Mary Poppins Story for Coloring, 1969)、『メアリー・ポピンズのお料理教室』（Mary Poppins in the Kitchen, A Cookery Book with a Story, 1975)、『さくら通りのメアリー・ポピンズ』（Mary Poppins in the Cherry Tree Lane, 1982)、『メアリー・ポピンズとおとなりさん』（Mary Poppins and the House Next Door, 1988) である。1作目が出版された1934年から10作目の1988年まで実に54年間、トラヴァースはメアリー・ポピンズの訪問を受けつづけたのである。年月の長さからいっても、ポピンズ・シリーズはトラヴァースの作品世界の核といえる。ポピンズ・シリーズの挿絵は、『クマのプーさん』（Winnie-the-Pooh, 1926) の挿絵で有名な E.H.シェパード（E.H.Shepard, 1879-1976) の娘のメアリー・シェパード（Mary Shepard, 1909-2000) が描いている。

ポピンズ・シリーズのエピソードには、「踊る牝牛」「王様を見たネコ」「物語のなかの子どもたち」のように、妖精物語的なものや、「満月」「高潮」「末ながく幸福に」「ハロウィーン」のように動物や星座、妖精物語の登場人物たちが一同に会して踊る神話的なものなどがあるが、トラヴァースはこのシリーズで神話や妖精物語を使い、あらゆるものがひとつにつながることや子どもの想像力の豊かさを強調している。ポピンズ・シリーズの神話的方法の分析は「作品小論」にまわすことにする。

メアリー・ポピンズを扱った10冊のうち、真に「メアリー・ポピンズ」シリーズと呼べる作品は、『風にのってきた』、『帰ってきた』、『とびらをあける』、『公園の』、『さくら通りの』、『おとなりさん』の6冊で、残りの4冊は番外編である。

『風にのってきたメアリー・ポピンズ』は、エドワード朝のロンドンさくら通り17番地に、銀行家のバンクス氏が、バンクス夫人、ジェインとマイケル、双子の赤ちゃんのジョンとバー

バラの4人の子どもたちと暮らしている。「大至急ナニーを求む」と新聞広告を出したバンクス家に、東風にのってメアリー・ポピンズがやってくる。古典的なオランダ人形の風ぼうをして、花のついた帽子をかぶり、柄がオウムの頭の傘と絨毯製のバッグを持ち、おしゃれで気むずかしいナニー。初めて姿を現したときから、階段の手すりを下から上へすべり上がり、からっぽのバッグからエプロン、石けん、はてはベッドまで取り出して子どもたちを魅了する。メアリーには、笑いガスで空中に浮かんでしまうアルバートおじさん、あめの指がはえてくるコリーおばさん、キング・コブラのいとこ、マザー・グースの「月を飛び越えた牛」など奇妙な知り合いがたくさんいて、子どもたちを不思議な世界へ連れていってくれる。しかし帰ってくると、目にした不思議については一切明かさない。そして約束通り、風が変わると西風にのって去っていく。メアリー・ポピンズは『帰ってきた』と『とびらをあける』であと2回、バンクス家にやってくる。メアリー・ポピンズの訪問は3度で終わりである。この後の3冊には、3度の訪問の間に起こったエピソードでまだ語られていないものを集めてあり、『公園の』では公園を舞台にした6つのエピソード、『さくら通りの』は夏至祭りの夜のエピソード、『おとなりさん』はミス・アンドリューがさくら通りに引越してくるエピソードである。『さくら通りの』と『おとなりさん』は、それぞれエピソード一つで一冊の本となっている。

　番外編の『AからZ』は、AからZでつづるメアリー・ポピンズのショートショートで、ポピンズ・シリーズのなかの登場人物がすべて顔を出す。そして、Zの最後「メアリー・ポピンズもぐっすり眠っておりました」(Mary Poppins, too, is Asleep.)のAsleepのAでZからAにもどり、「アルファベットはなにもかも、包みこんでいるんだわ……全部 AとZの間

に、入っているんだわ」（It embraces everything ... between A and Z）というメアリーの言葉は、トラヴァースのすべてがひとつに調和するという神話的テーマを表している。『お料理教室』は、ブリルばあやもエレンも休みをとり、バンクス夫妻も留守になるなか、メアリー・ポピンズがジェインとマイケル、友人たちの助けをかりて、１週間夕食を作る。後半には、ロンドンのリッツホテルで修業し、ニューヨークで料理学校を開いているモーリス・ムーア＝ベティ（Maurice Moore-Betty）の協力で、ＡからＺまでの頭文字で始まるエドワード朝のレシピがついている。

ＡＥの死と養子カミルス

　1934年10月、『風にのってきたメアリー・ポピンズ』の出版に際して、トラヴァースが感謝の気持ちをこめて差しだした印税の一部を、ＡＥは「宝の一部」として受け取り、彼女を祝福した。しかし、ＡＥは1935年７月、癌で死亡してしまう。彼は最後まで、ポピンズ・シリーズの第２巻のことを心配していた。1935年10月、トラヴァースは『帰ってきたメアリー・ポピンズ』を書き上げた。この作品はメアリーがバンクス家を２度目に訪問した物語で、『風にのってきた』と同様に、生命の始まりの話の「新入り」、太陽を中心に星座や月が空の演技場でサーカスを行う「夜の外出日」、公園に春を招く「ネリー・ルビナ」などの神話的エピソードと、「ロバートソン・アイの話」や「わるい水曜日」などの妖精物語的なエピソードから成っている。「わるい水曜日」は、ジェインがロイヤル・ドルトン製の飾り皿のなかに入る話だが、ここには、生命のない椅子や時計が歴史やお話を語るというのはどうか、というＡＥの助言が生きている。

　A.R.オレイジの死後、ロンドンにあるニュー・イングリッ

シュ・ウィークリー社を何度も訪ねるうちに、トラヴァースは、評議会の委員でオレイジの未亡人である、アメリカ人のジェシー・オレイジ（Jessie Orage）と知合い意気投合した。ジェシーは夫を、トラヴァースは師でもあり恋人でもあったＡＥを亡くし、その悲しみが二人を結びつけたのである。1936年にはトラヴァースは、ジェシーと一緒に初めてグルジェフの会合に参加した。ただ、ジェシーとの関係は、マッジとの友情に亀裂を生じさせ、1938年にマッジがパウンド・コテージを出ていく結果となった。1937年にはエリー叔母が死亡した。エリー叔母はトラヴァースに遺産を残してくれた。この時点で、トラヴァースの収入は、遺産からのお金と、ポピンズ・シリーズの印税とニュー・イングリッシュ・ウィークリーからの定収入の３つとなり、かなり安定したものになった。

　収入とは反対に独り暮らしの寂しさから、トラヴァースは養子を迎える計画をたてる。1920年代の終わり、彼女は、イギリスとアイルランドの文芸人の仲間の中心人物であったジョセフ・モーンセル・ホーン（Joseph Maunsell Hone）のダブリンにある屋敷に出入りしていた。ホーンは、イェイツやＡＥの作品を出版し、イェイツの自伝も執筆している。ホーンはトラヴァースが恋したフランシス・マクナマラ（Francis Macnamara, 1886-1946）の従兄弟でもあった。ホーンの息子のナサニエル・ホーン（Nathaniel Hone）は経済的な理由から、４人の息子たちを両親に預けたり、養子にだしたりした。トラヴァースが養子に迎えたのは、1939年８月15日生まれの双子の三男、四男のうちのひとりジョン・カミルス・ホーン（John Camillus Hone）である。ジェシーに繰り返しやめるように諭されるが、1939年12月半ばにトラヴァースはカミルスを連れて帰ってきた。

　フランシス・マクナマラに関しては、ポピンズ・シリーズに

まつわるエピソードがある。トラヴァースは、ポピンズ・シリーズは子どもの本ではないと主張する。1968年、IBBYの11回大会で行った「子どものために書いているのではない」("On Not Writing for Children", 1968) と題した講演でも、そう言っている。V.ローソンによると、これには恋人を喜ばそうとした理由もあるというのだ。フランシス・マクナマラは、イェイツにも将来を嘱望されたアイルランドの詩人でプレイボーイ、何度も再婚している。彼に対する恋はトラヴァースの完全な片想いであった。彼は子どもの本が大嫌いだったが、トラヴァースに『メアリー・ポピンズ』を送られて、「メアリー・ポピンズには少女のようにすてきなお色気がある。すっかりとりこになってしまった」と書いてきた。女性の心をよく知っているマクナマラの言葉を、トラヴァースはそのまま信じたというのだ。

◇『さくら通りのメアリー・ポピンズ』
　を見るトラヴァース（1983年）

「メアリー・ポピンズ」シリーズとの関連③

　トラヴァースは、1925年から1930年に、ＡＥが主宰する雑誌『アイリッシュ・ステイツマン』に、1933年からは、雑誌『ニュー・イングリッシュ・ウィークリー』にシェイクスピアを中心とする劇の批評、エッセイ、詩を発表し、詩人、劇の批評家としての名声を確立した。『アイリッシュ・ステイツマン』と『ニュー・イングリッシュ・ウィークリー』に発表した作品のなかには、トラヴァースの作家としてのテーマや姿勢を表すもの、加えて「メアリー・ポピンズ」シリーズに関連するものが、多く見うけられる。

　トラヴァースは批評家として、芸術家の日常のなかに独創性をはめ込み、神聖なものと世俗的なものを結びつけようとした。これは、J.コットのインタビューで彼女が述べている、「もっとも平凡なものの中にある神秘性」というポピンズ・シリーズの本質と一致する。また『アイリッシュ・ステイツマン』に掲載したエッセイ「銅貨の裏側」（"The Other Side of the Penny" 15 February 1930）で、哲学者と詩を論じる形式で、「賞賛と非難は同じもの」、「愛と憎しみは和解する」、「純存在は純非存在である」と言い、さらにエッセイ「批評家のトレードマーク」（"A Brand for the Critic" 12 April 1930）で、真の批評は、作品をばらばらにするのではなく、包括的に観て論じなければならない、としている。

　神聖と世俗、賞賛と非難、愛と憎しみ、存在と非存在などの対峙するものの概念は、神話にも見出される。神話のアイネイアスの物語では、アポロの神殿、シビルの洞穴、アバナスの湖、死者の国が互いに近接している。「神話では悪なるものと善なるもの、危険なものと安全なものは互いに近いところに生きている」、とトラヴァースは言っている（「ただ結びつけることさえすれば」）。そして、彼女の批評の姿勢でもある、対峙するものが和解し、全体の調和に結びつく考え方は、土着信仰、超自然のものたちと交流するケルト民族の魂の世界であるアイルランドの神話や妖精物語を基礎に、アイルランド人の精神世界を踏まえ、そこにとどまらず、民族の違いを越え、霊魂の不滅や輪廻、天体の運行など悠久の円環の動きを崇拝する古代人の心に触れた結果と考えられる。世界の調和はトラヴァースの生涯のテーマである。

　『アイリッシュ・ステイツマン』の「イタリアの絵画」（"The Italian Pictures" 25 January 1930）で、それぞれの絵画や彫刻の世界に入りこむトラヴァースの批評家としての能力はポピンズ・シリーズの作品にもヒントを与えている。彼女はミケランジェロの「聖少年」をライオンのような頭をした世界でいちばん愛らしい大理石の子どもと評しているが、これは、『とびらをあける』の「大理石の少年」の「大理石のカールの波うっている頭」のネリウスに結びつく。

『ニュー・イングリッシュ・ウィークリー』に子どもまたは子ども時代を扱った詩「ノエル」("Noel" 21 December 1933) と「子ども時代の思い出」("A Memory of Childhood" 23 December 1937) があり、これにはキリストのはりつけと生誕が歌われている。キリストの生誕は『飼葉桶の前のキツネ』(*The Fox at the Manager*, 1963) に引き継がれている。しかし、『飼葉桶の前のキツネ』のテーマである世界の調和の夢が込められているのは、「天球のサーカス」という詩 ("Zodiac Circus" 11 January 1934) である。サーカスでは天球はひとつ、円形の舞台で団長の太陽が鞭をふるい、道化の土星が宙返りをし、バレリーナの金星がさっと輪をくぐり、筋骨隆々の木星がバーベルを持ち上げ、火星が剣を飲み込み、海王星がアザラシの一団に芸をさせ、地球と天王星がボールをお手玉し、歌を歌う。その後、惑星たちは皆眠りにつき、そして昼間がやってくる。このエピソードは、ポピンズ・シリーズの、「夜の外出日」の星座のサーカス、『さくら通りの』で星たちが降りてくる夏至祭りの宵に通じるものである。

　トラヴァースのエッセイの特徴は、現在の出来事を現在ばかりでなく、宇宙的、神話的な背景にも照らして見つめることである。エッセイのなかでポピンズ・シリーズに結びつくものを拾ってみると、「雪の中のピクニック」("Picnic in the Snow" 24 March 1938) の冒頭で、夜のうちに春がそりに追いついたように、ミモザの芽が出た場面は、『帰ってきた』のなかの一夜のうちに春がやってくる「ネリー・ルビナ」のエピソードを思い出させる。天使と呼ばれる男のエピソード (13 June 1940) は、『公園の』の「どのガチョウも白鳥」に登場する、背中に羽根をつけた男に直結する。男は、自分が何者かを考えている皆を煙にまいて飛び去っていく。エッセイ中の「天使」は、トラヴァースが地下鉄の駅で出会った、みすぼらしい男だった。男は肩に羽根を背負い、話すことも現実離れしていたが、時間のことに関しては、真実をついていた。仕事と生産性が万能薬だと思っている人間は皆、体の髄まで時間が染み込んでいるのに、「時間がない、時間がない」と叫び続けているのは奇妙なことだというのだ。

　アメリカに渡る直前のエッセイ「わが村Ⅲ」("Our Village Ⅲ" 15 August 1940) で、トラヴァースは近くの町が、銀行休日の市を続ける決定をしたのを喜んでいる。彼女のいちばんのお目当ては、メリー・ゴウ・ラウンドだった。それは、回転するうちにまわりの景色がぼやけてきて、なじみのない内部の顔を見せてくれ、どこか知らない素晴らしい国へ旅するようなわくわくする気分にさせてくれるのである。メリー・ゴウ・ラウンドは『帰ってきた』で、往復切符を持って、バンクス家を後に空に飛び立つ場面にも使われている。大戦を前にしたメアリー・ポピンズの、また大戦中にアメリカへ渡るトラヴァースの心情を表していると思われる。

　『ニュー・イングリッシュ・ウィークリー』に掲載するのに、トラヴァー

スは"P.T."や名前の綴りの一部を並べかえたと思われる"Milo Reve"をペンネームとして使ったが、彼女の書評は、英国の詩人であり批評家であったマシュー・アーノルド（Matthew Arnold, 1822-1888）を手本にして、物事をありのままに見つめる姿勢をとっている。めったに優しさを示さない鋭い切り口は、子ども時代の出来事の重要性を十分認識した上で、子どもの本にも当てはまる。トラヴァースは、ピーター・パンの、子ども時代にしがみついている子どもっぽさと、クリストファー・ロビンの胸が悪くなるような甘ったるさを我慢ならないものとした（27 May 1937）。

　1938年には、「ミッキーマウス」と「白雪姫」のアニメーションに対し、ディズニー批判を展開している。「ミッキーマウス」に関しては、半分人間の感情を持った動物の擬人化の代わりに、子どもたちには時々刻々と変わる不条理に基づいた妖精物語の方がふさわしい（3 February 1938）と述べ、「白雪姫」に関しては、生まれつき道徳観を身につけている子どもたちにとって、メロドラマ的な主人公は悪夢のようなものだと、ディズニー側に注意を喚起した。さらに、ディズニーが動物の世界を拡大する中心には、人間の価値の縮小と、人間に対する冷笑的な皮肉が存在することを発見したと言っている（21 April 1938）。

　ディズニーに対する持論を証明するように、トラヴァースはT.S.エリオットの『キャッツ——ポッサムおじさんの猫とつき合う法』（Old Possum's Book of Practical Cats, 1940）と、ビアトリクス・ポターの「ピーターラビット」シリーズを賞賛している。『キャッツ』では、彼女自身で作品を大いに楽しみながら、作品の裏にあるエリオットの鋭い観察によるネコの生態が息づいていると、評している（14 December 1939）。マーガレット・レイン（Margaret Lane）によるポターの伝記を書評したなかで、トラヴァースはポターの簡潔で、でしゃばらない文体と、恐ろしい出来事にも色あせない真面目さと風刺に拍手を送っている。また、子どものための本を書くための条件として、作者が作品を楽しまなければならないことと、物語は作者のなかの「隠れた子ども」に向けて語らなければならないことを挙げている。ポターの孤独でつらい子ども時代に、想像力が光をあてた結果が、「ピーターラビット」シリーズに集結しているというのである。（10 April 1947）

4．戦争と疎開

疎開と OWI 活動

　トラヴァースはカミルスを連れ、1940年にアメリカへ疎開した。疎開先はニューヨークである。彼女はアメリカへ渡る船で、画家のガートルード・ハーメス（Gertrude Hermes）と親しくなった。トラヴァースは、ガートルードも一緒に、先にアメリカへ渡っていたジェシーと再会するが、結果は気まずいものでジェシーとの友情にひびがはいってしまう。アメリカでの最初の一年、トラヴァースはひどいホームシックにかかり、精神分析医に相談するほどだった。彼女は作品や雑誌にエッセイを書くことで、この状態からぬけだした。

　1941年12月の日本軍による真珠湾攻撃で第二次世界大戦に参戦したアメリカは、ルーズベルト政権のもと戦時情報部（OWI）が、連合国に連合軍の政策や死傷者の統計などを伝えた。また戦時情報部とイギリス政府の文化広報局は協力して、文化人やジャーナリストも取りこんだ情報網を組織して、さまざまな放送を流した。トラヴァースにも放送の依頼があった。彼女は自分にできることは子どもに語りかけることだと考え、世界の子どもたちにあてて、妖精物語を語り、童謡のレコードをかけ、唄の背景を説明した。妖精物語を通じて、占領された国の子どもたちに祖国愛を深めて、自由になる日を夢見させたのである。彼女は幼いカミルスにも寝るときに妖精物語を読んで聞かせた。

　アメリカ滞在中5年間にトラヴァースは、『末ながく幸福に』（*Happy Ever After*, 1940）と、オーストラリアで過ごした子ども時代の思い出を語る『サス叔母さん』（*Aunt Sass*, 1941）、『アー・ウォン』、『ジョニー・デラニー』の3冊を、クリスマ

スプレゼント用に出版している。また、アメリカへ渡った翌年1941年に、疎開を描いた『海の旅、陸の旅』（*I Go by Sea, I Go by Land, 1941*）も発表した。

『サス叔母さん』はエリー叔母の物語で、トラヴァースはエリー叔母を「クリスチナ・サラセット」とか「サス叔母さん」と呼んでいた。サス叔母さんことヘレン・クリスティナ・モアヘッドは、母方の大叔母で、イギリスからの移民の両親のもと、ヴィクトリア朝の大家族の第一子としてオーストラリアに生まれる。生涯独身で、「メリー・ゴウ・ラウンドの中心軸のように」、権威者として家族のなかにしっかり根をおろしていた。行儀やものの善悪については厳しかったが、彼女一人を除いては、女の判断は間違いで、男が正しいという信念の持ち主でもあった。父親を亡くし、700マイルも旅して彼女のもとへやってきたトラヴァースの一家に対して、最初の食事の席で、サス叔母は鬼軍曹よろしく、テーブルマナーや躾、服装や青白いやつれた顔つきなどを批判し、次々に家族を泣かせて部屋へ追いやってしまう。そこに一人踏みとどまったトラヴァースを、好敵手現わると気に入って、サス叔母は、言葉は辛辣だが、おなかのなかはそうでもないのだと言いながら、彼女に子どもたちに持っていっておやりとサクランボを手渡した。外見と中身の違うサス叔母を評して、トラヴァースは優しい心をどう猛な外見にかくしたブルドッグのようだと言っている。

サス叔母はマザー・グースをはじめ歌の歌詞をもじるのが得意だった。ボウ・ピープちゃんを不注意なむすめと呼ぶような、皮肉のきいた彼女の替え歌はトラヴァースには魅力だった。このように強烈な個性の持ち主であるサス叔母は「メアリー・ポピンズ」シリーズのなかの、ミス・アンドリューやラークおばさん、また「さあベッドにとびこんで！」（『風にのってきた』）というメアリー・ポピンズ自身にも、投影されている。また、

『海の旅、陸の旅』に登場するしわくちゃで、子どもの教育にはリンカーン大統領の演説を聞かせるべしと主張する独りよがりの、シートン氏のポーター大伯母もサス叔母を思わせる。

『アー・ウォン』で描かれるのは中国人の料理人、『ジョニー・デラニー』では馬丁をしていたアイルランド人の便利屋で、二人ともオーストラリアの屋敷の使用人であったとされているが、この2作品とも大部分がトラヴァースの想像の産物である。ジョニー・デラニーのモデルは、アローラで父親が臨時に雇った仕事人の一人で、トラヴァースに星座のことを教えてくれた人である。

『末ながく幸福に』

トラヴァースは、『とびらをあけるメアリー・ポピンズ』につけた注で、第二次世界大戦下のイギリスと祖国への将来の希望をつぎのように語っている

> ところで、1939年以来、村の広場には、ぜんぜん、かがり火がみられなくなりました。あかりを消した公園では、花火のかがやきもありませんし、街も暗くて静かです。しかし、この暗さも、永久に続くことはないでしょう。いつの日か11月5日がやってきて——あるいは、ほかの日でもかまいませんが——イギリスの果から果まで、かがり火が明るくつらなって燃えるようになるでしょう。子どもたちは、まえのように、火のまわりを、踊ったりはねたりするでしょう。手をとりあって、打上げ花火のはじけるのを見たあとは、歌をうたいながら、あかりのいっぱいついたお家へもどるようになることでしょう……

Since 1939, however, there have been no bonfires on

the village greens. No fireworks gleam in the blackened parks and the streets are dark and silent. But this darkness will not last forever. There will some day come a Fifth of November – or another date, it doesn't matter – when fires will burn in a chain of brightness from Land's End to John O'Groats. The children will dance and leap about them as they did in the times before. They will take each other by the hand and watch the rockets breaking, and afterwards they will go home singing to houses full of light . . .　　（from "Note"）

　この平和を願う心情からトラヴァースは、『とびらをあける』のガイ・フォークスの祭りのエピソード「十一月五日」でメアリー・ポピンズを呼び戻すが、この作品の最後のエピソード「別の扉」でメアリーをどこかへ去らせてしまい、二度と再びバンクス家へ呼び戻すことはしない。「時のすきま」に妖精物語の世界を閉じ込めて、メアリーまでも永遠に姿を消してしまう結末を、安藤美紀夫は『世界児童文学ノートⅡ』（1976）で、現実の厳しさのなかでメルヘンの生きる余地はなく、メアリー・ポピンズによる妖精の世界の再建は不可能になったと、述べている。しかし、1940年にクリスマスプレゼント用に出版された『末ながく幸福に』と1943年出版の『とびらをあける』の「末ながく幸福に」の章を比較してみると、P. デマースも言っているように、書きかえられた部分からも、トラヴァースが妖精物語を使って世界の平和を願っていたことが推測される。
　この「時のすきま」を描いたふたつの「末ながく幸福に」のエピソードは、旧約聖書のイザヤ書11章6〜9の「おおかみは小羊と共にやどり、ひょうは子やぎと共に伏し、子牛、若じし、肥えたる家畜は共にいて、……」と、妖精物語の登場人物たち

の饗宴を結びつけた仕立てであり、中心のテーマは世界がひとつになるという、世界の協調である。また『末ながく幸福に』から『とびらをあける』への書きかえは、テーマを強化している。「時のすきま」へ入ったジェインとマイケルは、そこでライオンと一角獣、赤ずきんとオオカミなど永遠の敵同士が抱き合って踊るのを目にする。時計が十二を打ち終わり現実にもどるところで、前者では「塔という塔から鐘の音が…はっきり、大きく、勝ちほこったように鳴り響きました」が、後者ではビッグ・ベン、セント・ポール寺院、ウェストミンスター寺院などいくつも教会の名前が連らねられ、マザー・グース童謡の「オレンジとレモン」を思わせる表現となっている。これは妖精物語の饗宴の最後にふさわしい表現で、「時のすきま」の特性をより印象づけるものである。このように『末ながく幸福に』から『とびらをあける』への書きかえは、世界がひとつになるというトラヴァースの願いが強くなっている現れと見ることができるのである。

　さらに、妖精物語そのものの大切さについて、トラヴァースは1944年の『ニュー・リパブリック』誌に、「グリム童話は、子どもにとっても大人にとっても、このつらい年に残された楽しさの甘い一滴」であり「自己認識の唯一の手段」であると語っている。『とびらをあける』には、「末ながく幸福に」のほか8つのエピソードが語られる。この作品をトラヴァースはカミルスに献じている。

『海の旅、陸の旅』

　1941年に出版されたこの作品は、11歳の少女の日記の形式で、イギリスからアメリカへ疎開した兄弟の、1940年8月から10月の3ヵ月間を追っている。11歳のサブリナ・リンドは、弟の8歳のジェイムズとサセックスのソーンフィールドに住んで

いる。村では灯火管制が敷かれていて、すぐ近くの農場に爆弾が投下された翌日、サブリナの両親は兄弟をアメリカの友人ハリエット・シートンのもとへ送る決心をする。サブリナとジェイムズは、一家の友人で赤ん坊を連れてアメリカへ渡るペルという女性作家に付き添われ、船でカナダへ、カナダから飛行機でニューヨークに向かう。ニューヨーク郊外のシートン家に落ち着いて、サブリナとジェイムズは次第にアメリカの暮らしに慣れていく。はじめは、電気の明るいシートン家に灯火管制を忘れていると驚愕したり、疎開者ではなく難民といわれて腹を立てたりするが、それにも慣れ、アメリカが中心の世界地図や考え方も受入れるようになる。題名の「海の旅」がアメリカまでの船の旅の模様であり、「陸の旅」がアメリカでの生活を表している。

　題名にも使われている「海を行き、陸を行く」（"Ｉ go by sea, I go by land"）の言葉は、巻頭に載せてある「マタイ、マルコ、ルカ、ヨハネ、わたしがねるベッドを祝福したまえ…」から始まる夕べの祈りの一節から採ったものである。

　　……
　　海を行き、陸を行く
　　神はわたしを右手で造られた
　　わたしに危険がせまったら
　　優しくイエス・キリストがお救いくださる
　　……

　　……
　　I go by sea, I go by land,
　　The Lord made me with His right hand.
　　If any danger come to me,

Sweet Jesus Christ deliver me.
……

　この賛美歌は元はトーマス・アディ（Thomas Ady, 生没年不詳）の『暗闇のローソク』（*A Candle in the Dark*, 1656）で迷信と闘う宗教的な信念を謳ったものであるが、この作品では作品中にも登場し、ジェイムズを慰めるためにサブリナが歌う他の賛美歌と共に、あちこちに話題がとぶ日記形式の作品をひとつにまとめる役目も果たしている。

　この作品はサブリナの書く日記という形式から、サブリナの気持ちがストレートに伝わってくるが、そこに描かれるのは、戦争の恐怖、悲しみである。父親に言われた「愛と勇気」という言葉を胸にひめ、弟を守って疎開にたちむかうサブリナ、両親とのつらい別れ、猫を膝にひとりぼっちで子どもたちを心配しているであろう母親を思いやるやるせなさ、サブリナとジェイムズは事あるごとにソーンフィールドに思いをはせる。灯火管制や爆弾の恐怖。サブリナたちに身近な戦争の記事が新聞に載ると、シートン家の家族は二人を万博に連れ出すなど、気を遣ってくれる。しかし、ジェイムズの9歳の誕生日にもたらされたソーンフィールド爆撃の知らせは二人を不安と悲しみに突き落とす。両親の無事は確認できたものの、隣人や幼なじみの消息はわからない。泣きくずれる二人に、ペルとポーター大伯母は、みんなでイギリスにエルサレム（平和の地）をつくらなければいけないと言う。この作品に描かれた、イギリスからアメリカへの旅、アメリカの印象、戦争の恐怖、平和への願いは、アメリカへ渡ったトラヴァース自身の体験や思いと重なるものである。この作品のソーンフィールドはメイフィールドを表し、ペルはトラヴァースであり、ペルの連れている赤ん坊はカミルスである。

『海の旅、陸の旅』には書かれていないが、トラヴァースのアメリカでの体験で興味深いものがある。アメリカでひどいホームシックにかかったトラヴァースは、知人のネイティブ・アメリカン問題担当官の計らいで、ひと夏、ネイティブ・アメリカンのところで暮らした。はじめにナホバ族、次にプエブロ族の客となり、そのときに秘密の名前をつけてもらった。ネイティブ・アメリカンはその名前を決して明かしてはならないと言い、トラヴァースはその言葉を守り続けているという。この名前の持つ不思議、神秘さ、危険に関しての体験を、トラヴァースは「名前と名無し」("Name and No name", 1982) という題で雑誌『パラボラ』に発表している。そこでは、「トム・チット・トット」や名前の重さに消えてしまったスコットランドのブラウニーの話を引き、子ども時代に「お名前は？」と聞かれた時の戸惑いも合わせて述べている。

『飼葉桶の前のキツネ』

　『飼葉桶の前のキツネ』が出版されたのは1963年で第二次世界大戦中ではないが、これは、トラヴァースの平和への願いと世界はひとつというテーマの集大成ともいえる作品である。作品の舞台は、1945年クリスマス・イブのロンドンで、聖ポール寺院では、戦時中中断していた伝統的儀式が復活する。ロンドンの恵まれない子どもたちのために、クリスマスツリーの下に子どもたちが自分たちの玩具を持ち寄るのである。登場人物中、ペルはトラヴァースで、Xはカミルスである。作品は2部構成になっている。1部は聖ポール寺院の伝統的儀式に関わる出来事であり、2部は反対されながらもキツネがキリスト生誕を祝う寓話である。

　1部も2部も平和、協調、世界はひとつというメッセージに集結するが、1部と2部は最後に白鳥によって一つにつながる。

ペルと 3 人の子どもたちは、ロンドンの空を一羽の白鳥が飛んでくるのを目にする。子どもたちの想像では、白鳥はグリーンランドからエルサレムを通過した後、聖書のカナンの地を過ぎ、キツネもうずくまるキリストの飼葉桶まで旅してキリストに贈物をしに行くというのである。生涯に一度だけ鳴くという「白鳥の唄」を贈るのである。ここには平和や協調というメッセージのほかに、これもトラヴァースの生涯のテーマである、子どもの想像力と妖精物語の時間や場所を超越した特徴が織りこまれている。さらにこの作品には、トマス・ビウィック（Thomas Bewick, 1753-1828）の精密な木版画が挿絵に使われていて、寓話の雰囲気を盛りあげている。

5．さらに作家として

　1945年に、トラヴァースはカミルスとともにイギリスに帰国して、8月15日の終戦は二人でパウンド・コテージで迎えた。1946年には、カミルスの教育の関係もあり、ロンドンのチェルシー地区のスミス・ストリートに家を買った。仕事では、所有者であるジェシーとの軋轢から、編集委員を務めるニュー・イングリッシュ・ウィークリーを辞めたいと言いだしたトラヴァースだが、1949年同誌が廃刊になるまで続けて寄稿した。体の不調は相変わらずで、精神的な面ではグルジェフの教えにたより、積極的にグルジェフのもとへ通った。

　終戦後、トラヴァースは次々と親しい人の死に直面する。1946年には彼女が愛したフランシス・マクナマラが、1949年には師と仰ぐグルジェフが死亡し、1959年には親友であったマッジ・バーナンドとカミルスの父親であるナットが死亡した。彼女の精神的な痛手は相当なものであったと思われる。また養子のカミルスは1956年17歳になった時に、双子の兄弟のアンソニーから自分の真の素性を知る。衝撃の大きさからか、カミルスは学校を中退し、酒に頼るようになり、トラヴァースはまたひとつ大きな心配を抱えることとなった。

　グルジェフの死後1952年に、トラヴァースは『公園のメアリー・ポピンズ』を出版した。公園でのエピソードを綴ったこの作品に、彼女はグルジェフの考え方を織りこんでいる。「物語のなかの子どもたち」で公園番やラークおばさんが忘れていた子ども時代を思い出すとか、「どのガチョウも白鳥」や「ハロウィーン」の影との饗宴で、自分が何者であるか知るところなどである。この作品でメアリー・ポピンズは、導師、予言者の役割が大きくなっている。

ディズニーによる映画化

　傷心のトラヴァースに、1959年、素晴らしいニュースが飛びこんできた。ウォルト・ディズニーからの、「メアリー・ポピンズ」の映画化の申込みである。1963年、彼女はディズニーによるミュージカル映画『メアリー・ポピンズ』の制作に顧問として参加した。映画は1964年に封切られた。映画によって新しい読者が増えることを期待したトラヴァースだが、この期待はある程度は実現された。また莫大な契約金により、これ以後彼女はお金の心配をすることはなくなった。しかし映画は、トラヴァースの期待を裏切るものであった。エドワード朝の平凡な主婦のバンクス夫人が婦人参政権論者に仕立てられていたり、行儀をわきまえているはずのメアリー・ポピンズが煙突掃除夫と屋根の上で踊りを踊るとき、スカートが舞い上がって下着が見えてしまうとか、アニメ化されたペンギンがファンタジーを損なっているなどである。メアリーがバートと歩道に描かれた絵のなかに入る「外出日」が映画のなかで目玉のように扱われているのも、不満の種である。なかでもいちばん彼女を失望させたのは、メアリー・ポピンズがただの使用人になってしまい、作品の特徴である神秘性が感じられないところである。

　「メアリー・ポピンズ」の映画化に携わっている間にも、トラヴァースは1962年に『メアリー・ポピンズ AからZ』を、1963年には『飼葉桶の前のキツネ』を出版している。『飼葉桶の前のキツネ』はカミルスに献じているが、彼の将来を心配してか、1945年の純真な子どもの頃を思い出してほしいと、献辞には「C へ　Xを思い出すように」と書かれている。また、カミルスが出ていったスミス・ストリートの家はがらんとして大きすぎ、1966年に同じチェルシー地区のショーフィールド・ストリートの家に移っている。

大学での講義、作家活動

「メアリー・ポピンズ」の映画で有名になったトラヴァースは、1965年マサチューセッツ州ケンブリッジのラドクリフ大学から、構内に居住して作家活動をしてほしいと依頼された。週に一度、ラドクリフ大学やハーバード大学の学生たちが、彼女の部屋に集まり議論に花を咲かせた。1966年にはマサチューセッツ州ノーザンプトンのスミス大学で、1970年にはカリフォルニア州クラルモンのスクリップス大学で、構内に居住して作家活動をしたり講義をしたりしたが、こちらはいずれも彼女から要望したものだった。映画での名声が薄れてきたことと、彼女が自分のことは語らないことから、あまり人気はなかったようである。自分のことは語らないといっても、1967年にワシントンの議会図書館の依頼で行った、「ただ結びつけることさえすれば」('Only Connect')の講演は有名である。この講演で、トラヴァースは自分の子ども時代や妖精物語の定義、神話について語っている。

ラドクリフ大学やスミス大学で構想をあたためていた『フレンド・モンキー』(*Friend Monkey*, 1971)と『眠り姫について』(*About the Sleeping Beauty*, 1975)を、トラヴァースは1971年と1975年に相次いで出版した。1976年からは、グルジェフを通じた友人のドロシア・ドーリング（Dorothea Dorling）が企画した、神話と伝承の雑誌『パラボラ』の編集顧問、定期寄稿者となり、多くのエッセイを発表していく。「パラボラ」('parabola')とは、「始めにかえる」という意味である。1980年に出版した『ふたつの靴』(*Two Pair of Shoes*, 1980)は、最初1976年に『パラボラ』に発表されたものであった。またその業績から、彼女は1977年に大英帝国勲位を、1978年にピッツバーグのカサム大学から名誉博士号を贈られた。

自分の生涯に関しては口をつぐむトラヴァースだが、1978年

に出版された『メアリー・ポピンズと神話』(Staffan Bergsten, Mary Poppins and Myth, 1978) の著者であるスイスのウプサラ大学のスタファン・ベルクステン教授とは、請われるままに、メアリー・ポピンズの神話的意味に関して文通をし、1979年には、『パラボラ』の編集顧問でもある、J. コットとのインタビューで、ポピンズ・シリーズや『フレンド・モンキー』につなげ、自分の精神世界について語っている(『子どもの本の8人』の「メアリー・ポピンズの叡智」)。活発に作家活動や講演を行っていくこの時期のトラヴァースの精神面を支えていたのは、ドイツ人の精神分析学博士カールフリード・フォン・デュルクハイム(Karlfried von Durckheim)だった。彼の心理療法は、キリスト教と禅宗を結びつけたものである。禅に関しては彼女自身関心を持ち、1963年夏に京都を訪れた際、ルース・ササキ(Ruth Sasaki)から教えを受けている。ルースはアメリカ人で日本人と結婚し、禅の修行を積んだ女性である。また、トラヴァースはグルジェフ派のグループの会合にはリーダー格として参加し、インド人の導師のクリシュナムルチ(Krishnamurti)をグルジェフの再来として崇拝した。

『フレンド・モンキー』

　『フレンド・モンキー』は、愛のかたまりのようなモンキーが、友だちを求めてジャングルからロンドンに渡り、引き取って世話をしてくれるリネット一家に災いばかりを引き起こす物語である。モンキーは、インドの神話伝説『ラーマーヤナ物語』のなかの猿の神ハヌマットを基にしている。カバーと口絵にはチャールズ・キーピング(Charles Keeping, 1924-88)による猿の絵が描かれている。メアリー・ポピンズの再来を期待した読者や批評家には、この作品は期待外れだった。『ホーン・ブック』(Horn Book)の1972年2月号でポール・ヘインズ(Paul Heins)

は作品を評して、登場人物と出来事が多すぎ、登場人物は喜劇的なフラットキャラクターであり、出来事は面白おかしいというよりばかげている。なにより、メアリー・ポピンズのあのツンとした素敵な魔法が欠けているのだ、といっている。『フレンド・モンキー』の内容に関しては、メアリー・ポピンズとのつながりという点から作品小論で取り上げているので、ここでは登場人物のミス・ブラウン＝ポターについてだけ述べておく。ミス・ブラウン＝ポターは女流探検家で動物に理解があり、リネット家の隣人で、火事で焼け出されたリネット一家を自分の家に住まわせてくれる人物である。ポール・ヘインズは、ミス・ブラウン＝ポターを親切で哲学的になったメアリー・ポピンズを思わせると評していて、これはその通りなのだが、トラヴァースがJ.コットに語ったところによると、裏はもっと複雑である。ミス・ブラウン＝ポターには３人の女性が投影されているというのである。一人はチャールズ・キングズリーの姪で、人類学者として西アフリカへ調査に行ったメアリー・キングズリーで、ミス・ブラウン＝ポターがリネット夫人に「ヒョウに出会ったら足でつつけばいいの。そうすればヒョウは行ってしまうから」というエピソードは、メアリー・キングズリーからとったものである。二人目はビアトリクス・ポターで、屋根裏部屋に乳母、後に家庭教師と暮らしていたミス・ブラウン＝ポターの孤独な子ども時代はビアトリクス・ポターの子ども時代とそっくりである。三人目はエリー叔母で、ミス・ブラウン＝ポターの子ども時代のパーティの思い出や、「ティンカー」と「バジャー」という２匹のペットの名前は叔母のペットに由来する。

『眠り姫について』

　『眠り姫について』はトラヴァース流の妖精物語論ともいえる

もので、第1部にトラヴァース自身によるアラビアを舞台にした「眠り姫」の物語と、続く「あとがき」に妖精物語としての「眠り姫」の特徴、第2部にグリム、ペロー、G.バジーレ（イタリア）、アイルランド、ベンガル（インド）版の五つの「眠り姫」が収められている。この作品については、トラヴァース版のアラビアを舞台にした「眠り姫」は不適当で芝居がかっているとか、原作を台無しにしているとか、批判が相次いだ。批判に対しトラヴァースは、漠然とした中東世界の物語にしたのは、物語の意味をはっきりさせるためだと反論している。

　反論はしても、実際トラヴァースの語り口は、情景描写や登場人物の内面などを省き骨組みだけを語っていく妖精物語の語り口とは程遠く、語りのなかに、富を好むサルタンの気持ちや著者の語りかけまでをも含めている。なかでも目立つのが、「物語の意味をはっきりさせるため」として、ストーリーのなかで妖精物語の特徴をそのまま語っているところである。たとえば、姫が眠りについた後、いばらの奥で眠っている姫がいるという不思議な話は、孫からその子どもに語りつがれついには「絶えず真実を語るものの、はるか手の届かぬ妖精物語になってしまいました」とか、「13番目の魔女こそが、危険な事態をもたらすことで、そこからの救いの力も生じさせるのです。闇があってこそ光は輝く——このことをサルタンは知っていなければいけなかったのです」などである。

　このように語りのなかにまで顔を見せた妖精物語の特徴を、トラヴァースは「あとがき」のなかにまとめている。それは、妖精物語と子どもの世界の共通性、妖精物語の記憶と再発見、必要な敵対者の三つである。子ども時代は現実と物語世界の区別がなく、子どもにとって、この世界は果てしなく、時はいつでも今であるとともに永遠であり、説明できないことばかりである。妖精物語も現実と魔法の境がはっきりせず、時も不特定

で、その世界の不思議は説明できない。幼い頃トラヴァースには、子守唄や日常の会話の主人公を妖精物語と結びつけて考えることがよくあった。彼女にとって妖精物語は、どこかで知っていた世界という感じがした。トラヴァースは次のように述べている。人間はおそらく生まれながらに妖精物語を知っている。それは繰返し聞かされてきた妖精物語の記憶が、遠い祖先からずっと血のなかを流れ続けているからである。この妖精物語を、人は子ども時代が過ぎると見失ってしまう。人は自分と妖精物語を結びつけて真実を発見していく。そのためにはまず話そのものを愛し、そのうえで見失ってしまった妖精物語に帰っていくことが必要なのである、と。

　「あとがき」でもう一つ、トラヴァースは「眠り姫」における13番目の魔女（妖精）の役割を強調する。13番目の魔女は、無数の手に善と悪の力を持つヒンズー教の女神であるカーリーの一面を持ち、「眠り姫」では怒りのために悪の力が前面に押しだされる。13番目の妖精は物語に深く関わり、危機的状況を作りだす。いわば、物語を先に進め、定められた結末を実現させるための「必要な敵対者」なのだと、彼女は考えたのである。

『ふたつの靴』

　『ふたつの靴』は、はじめ1976年に雑誌『パラボラ』に掲載された物語であるが、1980年にレオ・ディロン（Leo Dillon, 1933-）とダイアン・ディロン（Diane Dillon, 1933-）によるグァッシュ（不透明な水彩絵具）画の絵入り版として出版された。「アブ・カセムのスリッパ靴」（"Abu Kassem's Slippers"）と「アヤーズのサンダル靴」（"The Sandals of Ayaz"）という中東の二つの物語から成り、前者はイブン・ハイジャト・アル＝ハマウィ（Ibn Hijjat Al-Hamawi）の『木の葉の果実』（*the Thamarat Ul-Awrak*）、後者はジャラルディン・ルミ（Jalalu'd-

49

din Rumi)の『マスナウィ』(The Mathnawi)を語り直したものである。

『ふたつの靴』の舞台は『眠り姫について』と同じ中東で、物語も再話したものであるが、『ふたつの靴』の語り口の方は、妖精物語としてずっと自然でこなれたものになっている。

メアリー・ポピンズと差別問題

　20世紀後半になると、児童文学作品のなかでも人種差別問題がわき起こってきた。ヘレン・バナーマン(Helen Bannerman, 1862-1946)の『ちびくろ・さんぼ』(The Story of Little Black Sambo, 1899)やカルロ・コッローディ(Carlo Collodi, 1826-90)の『ピノッキオの冒険』(Le Avventure di Pinocchio, 1883)などが、非難をあびるようになる。トラヴァースもこの問題に直面した。問題になったのは、『風にのってきたメアリー・ポピンズ』の「わるい火曜日」である。1980年には『ロサンゼルスタイムズ』が、差別問題に関連して「わるい火曜日」が原因で、メアリー・ポピンズがサンフランシスコライブラリーの図書からはずされたと報じた。P. デマースは『P.L.トラヴァース』で、同エピソードのメアリー・ポピンズが磁石をまわしてジェインとマイケルと世界をまわるなかで登場する黒人とインディアンについて、「黒んぼ言葉」(the "piccaninny" language)や「インディアンの子どもなんかに負けるものか」というマイケルの怒りの言葉は、いくら無意識とはいえ差別にあたるのではないかと言っている。

　「黒んぼの女の人」(the negro lady)がメアリーを家に招待する箇所で、トラヴァースは、1962年の改訂で「黒んぼの女の人」(the negro lady)を「黒い女の人」(a dark lady)に、「黒んぼの赤ちゃん」(a tiny black piccaninny)を「黒い赤ちゃん」(a tiny plum baby)に訂正し、1972年の改訂で次の「黒んぼ言葉」

(the "piccaninny" language）を標準の英語に訂正した。

「子どもたちを、わたしの家へ案内してもらうかね、すぐスイカでも切ってあげるから。おやまあ、それにしても、ずいぶん白い子どもたちだね。黒いくつずみでも、すこしぬってみたらどうかね。さあ、こっちだよ。よくきてくれたこった」

"…You bring dem chillum dere into ma li'l house for a slice of water-melon right now. My, but dem's very white babies. You wan' use a li'l bit black boot polish on dem. Come 'long now. You'se mighty welcome"

アルバートV. シュワルツ（Albert V. Schwartz）は、トラヴァースとのインタビュー（"Mary Poppins Revised:An Interview with P.L. Travers" *Interracial Books for Children Bulletin* 5 no. 3, 1974）で「わるい火曜日」について次のように非難した。

第三世界の人々が白人の子どもを罰しようと怪物に変わるのは、人種差別主義者が作りだした悪夢で……
子どもたちに第三世界の人々は恐ろしいと教えるのは、明らかに無責任だ

"a racist nightmare in which Third World people turn into monsters to punish a white child"
"it is clearly irresponsible to teach children to identify their fears with Third World people"

このインタビューでトラヴァースは、メアリー・ポピンズは特定の時代の社会に左右されることのない時代を越えた作品だと反論し、非難されるのを拒否した。しかし、『風にのってきた』が人種差別がそれほど問題ではなかったときに書かれたことをしぶしぶながらも認め、そして、1962年と1972年の訂正は、教師をしている友人のフランセリア・バトラー（Dr. Francelia Butler）が「わるい火曜日」を黒人の生徒に読んで非常に恥ずかしいおもいをしたというのを聞いて、トラヴァースが自分から直したことも明らかにした。さらに1981年の改訂では、エスキモー、黒人、中国人、インディアンを、北極クマ、金剛インコ、パンダ、イルカというように、第三世界の人間から動物に全面的に変更している。ただし、トラヴァースは「作者からの手紙」（"A Letter from the Author, *Children's Literature* 10, 1982）で、許可も得ないでメアリー・ポピンズの磁石を使ったマイケルに東西南北のメアリーの友人たちが仕返しをしようと襲いかかるのは当然で、物語のなかから子どもたちが自然と身につける原因と結果の認識や、危険が過ぎたあとの満足感などまで取り上げるべきではないと主張している。

晩年 ── 最後まで「神話と詩の家のお手伝い」として

　差別問題を経験した後、80歳を越したトラヴァースは、ポピンズ・シリーズをさらに2冊出版した。『さくら通りのメアリー・ポピンズ』（1982）と『メアリー・ポピンズとおとなりさん』（1988）である。『さくら通りの』は、夏至祭りの宵を描いたエピソードで、空から星座たちがおりてきて、公園にいた人々と輪になって踊りだす。空と地上にあるものがひとつになる宵に、メアリー・ポピンズの言葉通り「失くしたものは、必ずどこかにある」。公園番もバンクスさんも子どもの頃になくしたものを見つけだす。『おとなりさん』は、バンクス家のとなり

に、ミス・アンドリューがルティという少年をつれて引越してくる。ルティはまわりの人たちに「平和と祝福」をもたらす天使のような少年で、一生懸命にミス・アンドリューの世話をするが、故郷の南洋に帰らなければならなくなる。メアリー・ポピンズはルティを「月の男」のもとへ連れていく。眠らない「月の男」は、ルティが雲をつたって南洋の島に帰るのを見守る。ルティは「太陽の息子」という意味である。このエピソードでは、太陽と月がひとつになるのである。

『さくら通りの』と『おとなりさん』ともに、ますますグルジェフの神知学の影響が大きくなり、メアリー・ポピンズも導師的な傾向が強くなる。『さくら通りの』では、公園番もバンクスさんも子どもの頃に失くしたものをみつけだす。「失くしたものは、必ずどこかにある」はメアリー・ポピンズの言葉であり、メアリー自身が「失くしたもの」にあたるのである。『おとなりさん』では、ルティがミス・アンドリューのもとから脱出するのは、自分をとりもどすためであり、メアリー・ポピンズがその手助けをしている。またV.ローソンによると、両作品ともにトラヴァースのオーストラリアへの回帰が見られるという。『さくら通りの』でオリオン、カストル、ポルクスなど星が登場して、バンクスさんは星空を見上げるが、これはトラヴァースのアローラで星に夢中になった思い出につながる。『おとなりさん』でルティの故郷の南洋の島はオーストラリアに近い。トラヴァースは子ども時代の思い出をこの2冊にこめていたのではないかと思われる。まさに「始めにかえる」――「パラボラ」である。『おとなりさん』をトラヴァースは1985年に生まれた孫息子に献じている。カミルスは結婚し（後に離婚）、3人の子ども（2女1男）をもうけていた。

『パラボラ』に掲載したエッセイのなかにも、トラヴァースの子ども時代の思い出を語ったものがある。「ミス・クイグリー」

("Miss Quigley" 9.2.1984)は、ボーラルでの出来事で、子どもの心理をよくついている。近所の独り者であるクイグリーおばさんの庭にりんごを盗みに入った子どもたちは、おばさんに見つかってしまう。おばさんの誘いに応じ、子どもたちはおばさんの家でオルゴールを聞く。うっとりと夢心地になって、子どもたちは、服のなかにかくしておいたりんごを落としてしまう。ところが、おばさんが親切にりんごを入れる袋を用意してくれると、一転、子どもたちはだまされたと感じ腹を立て、外にりんごを投げ捨てて帰るのである。

　トラヴァースは『パラボラ』に掲載したエッセイを1989年に一冊の本にまとめた。『ハチの知ること——神話・シンボル・物語論』（*What the Bee Knows:Reflections on Myth, Symbol and Story*, 1989）である。この本を読むと、神話や妖精物語に対する彼女の深い関心、信頼、愛情を知ることができる。

　トラヴァースの家は、ロンドンのチェルシー地区にある。ピンク色のドアを入ると、壁に「わが家の守り神です」と彼女が言ったＡＥの写真と、ＡＥの描いた、木に腰かけて鳥や蜜蜂のことを考えているトラヴァースの素描や、仏像の写真、そのほとんどが仙厓（1750-1837）の作だという日本の掛け軸と屏風絵、中国の僧侶の修業のために描かれたという「十牛図」などが壁に掛けられている。そして一隅には各国語に翻訳された「メアリー・ポピンズ」のシリーズが置かれている。「神話と詩の家のお手伝い」であったトラヴァースは、それを彷彿とさせるＡＥや仏像の写真が飾られている自宅で、1996年4月23日に亡くなった。96歳であった。前日にはカミルスが来て、ベッドのわきで、昔彼女が聞かせてくれた子守唄をうたったという。トラヴァースは火葬にされ、トウィケンハムのテームズ川を見下ろす、聖母マリア教会（St Mary the Virgin Church）に眠っている。

結び

　「……『メアリー・ポピンズ』その他の作品がそっくりそのままわたしの人生だと思ってほしい」というトラヴァースの言葉に従い、作品に沿って彼女の人生を追ってきた。「メアリー・ポピンズ」シリーズはトラヴァースの代表作であるとともに、まさに彼女の人生そのものでもあった。まずは、1934年から1988年まで、35歳から89歳まで54年間の長きにわたって書かれたものであるということ、そして公園作りのエピソードや、メアリー・ポピンズやコリーおばさんのモデルとなったナニーやエリー叔母や雑貨屋のおばさんなど、ポピンズ・シリーズと子ども時代との深いかかわりである。この子ども時代との関連は、作家は自分の隠れた子どもに向けて書くという、トラヴァース自身の著作の姿勢と合致するものでもある。またシリーズ中には、「大理石の少年」、「夜の外出日」、「ネリー・ルビナ」、「メリー・ゴウ・ラウンド」など、『アイリッシュ・ステイツマン』や『ニュー・イングリッシュ・ウィークリー』に載せた詩やエッセイとの関連も見られる。なかでもポピンズ・シリーズとトラヴァースの最大のつながりは、ポピンズ・シリーズはトラヴァースの生涯のテーマが結集したものであるという事実である。トラヴァースの生涯のテーマとは、物事の真実を見せてくれる妖精物語の本質を追求することと、世界の調和を願うことである。妖精物語の探求は、父親やＡＥやイェイツたちから引き継いだ、アイルランド人の血筋や伝統、ケルトの文芸復興運動からトラヴァースの身に染み込んだテーマである。さらに世界がひとつになることの願いも、妖精物語の探求の過程と第二次世界大戦を経験した時代の流れから生まれたものだと考えられる。このテーマは、ポピンズ・シリーズの、「王さまを見たネコ」、「どのガチョウも白鳥」、「満月」、「高潮」、「末ながく幸福に」、「夏至祭り」など、ほぼシリーズ全般に渡って見ることができる。ま

た、『風にのってきたメアリー・ポピンズ』では、差別問題とも直面している。

　トラヴァース自身の生涯に関しては、不思議については語らないという妖精物語の特徴とも関連させて、彼女はほとんど沈黙を守り通した。わかったところでは、師と仰ぐＡＥやグルジェフたちに次々と先立たれ、メアリー・ポピンズの銅像建設計画が駄目になったほど妥協をしない性格から、親友だったマッジやジェシーとも仲違いし、オーストラリアを離れた後は、二人の妹ともほとんど交流はなかった。常に健康には不安をかかえ、カミルスに対する悩みもつきなかった。トラヴァースは、「悲しみの杯はいつもいっぱい」(「悲しみについて注目すべき会話」(Janet Graham, "A Remarkable Conversation About Sorrow", interview on 23 June, 1965) とインタビューに答えているが、彼女の人生は悲しみに満ちたものだったかもしれない。しかし、89歳までポピンズ・シリーズを出版し、さらに90歳で『ハチの知ること——神話・シンボル・物語論』を出すなど、「神話と詩の家のお手伝い」は生涯積極的に続け、子ども部屋に払い下げられた神話や妖精物語の復権に大きく貢献したのである。

II

作品小論

P.L. Travers

1．メアリー・ポピンズの世界

　「メアリー・ポピンズ」シリーズは、エブリディ・マジックというファンタジーの形式をとり、ナンセンスの要素を多く含んだ物語である。しかし、その基盤には妖精物語がある。ここでは、エブリディ・マジックの形式、ナンセンスの要素を概観し、妖精物語がいかに深く効果的に物語とかかわっているかという観点から、物語の本質を探っていくこととする（妖精物語とのかかわり方を神話的方法と呼ぶことにする）。

ユニークなエブリディ・マジック

　「メアリー・ポピンズ」シリーズは日常生活のなかに魔法がはいりこむエブリディ・マジックというファンタジーの形式をとっている。エブリディ・マジックは、合理的な説明によって魔法を日常生活に溶け込ませようとするものである。このシリーズの魔法であるメアリー・ポピンズは、人間の姿をして、19世紀後半から20世紀初期までイギリスの中流家庭では一般的であったナニーとしてバンクス家にやってくる。ナニーとして子どもたちの世話をしながら、ジェインとマイケルを不思議な世界へ連れて行く。バンクス家に自然に溶け込んでいるのである。エブリディ・マジックでは、日常生活のリアリティも重要な要素である。時はエドワード朝の

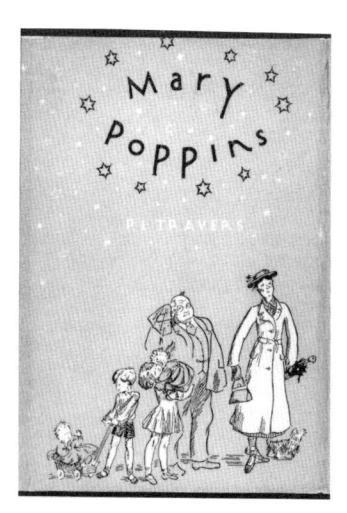

◇『風にのってきたメアリー・ポピンズ』初版（*Mary Poppins*, 1934）の表紙。

初期、メアリー・ポピンズの雇主であるバンクスさんはイギリスの中流階級に属す銀行員。家はさくら通り17番地。さくら通りは片側にはずっと家が建ち並び、もう片側は公園になっていて、道の真ん中に桜の木がずらっと植わっている。『公園の』の表紙の裏には地図も描かれている。17番地のバンクス家はさくら通りでいちばん小さくて、古ぼけていて、ペンキを塗り直したほうがいいような家である。それというのも、バンクスさんの奥さんが、立派できれいな家と4人の子どもとどちらを選択するかと言われて、子どもを選んだからである。バンクス家にはそのほか、料理番のブリルばあやと食卓の用意をするエレン、靴みがきなど雑用をする「時間つぶしをしてお給金のただ取り」をするロバートソン・アイがいる。「わるい水曜日」にジェインが絵具箱を投げつけてひびがはいった飾り皿は、ロイヤル・ドルトン製のシリーズものの陶器である。これからバンクス家が中流であることがわかる。

　ポピンズ・シリーズを他のエブリディ・マジックの作品モールズワス夫人（Mary Louisa Molesworth, 1839-1921）の『かっこう時計』（*Cuckoo Clock*, 1877）とイーディス・ネズビットの『砂の妖精』（*Five Children and It*, 1902）と比較してみよう。魔法という点から見ると、古いかっこう時計の中の鳥で不思議の世界への案内役であるかっこうと、伝承の魔女や魔法使いとは違うグロテスクな姿で魔力はさびついているがサミアドは、妖精物語の魔法の援助者と考えられる。メアリー・ポピンズも魔法の援助者の要素はあるが、その魔力は妖精物語の範疇をはるかに超えている。子どもという点から見ると、孤独な子どもである『かっこう時計』の主人公グリゼルダと『砂の妖精』のぼうやをのぞいたシリルたちきょうだい4人には行動力があるが、ジェインとマイケルはメアリー・ポピンズに対して常に受身である。メアリーに比重がかかっているからであろう。

トラヴァースはJ. コットのインタビューでポピンズ・シリーズのテーマは「もっとも平凡な中にある神秘性」だと言っている。神秘性という点では、『砂の妖精』や『かっこう時計』には神秘性は感じられない。メアリーが連れて行ってくれる世界の神秘性は、人間の見聞きするものの裏にある超自然な出来事を描いた、ウォルター・デ・ラ・メア（Walter de la Mare, 1873-1956）やエリナー・ファージョン（Eleanor Farjeon, 1881-1965）の創作昔話の神秘性につながるものである。つまり、ポピンズ・シリーズは、エブリディ・マジックのなかでは、魔法もスケールが大きく、この形式には見られない神秘性もそなえているのである。魔力をもった家庭教師という点からいえば、エブリディ・マジックではないが、ジョン・メイスフィールド（John Masefield, 1878-1967）の『夜中出あるくものたち』（*The Midnight Folk*, 1927）がある。しかしこの魔女は意地悪く人の心が読めるので、ケイ少年の大事にしていたおもちゃを捨ててしまうなど、教育という立場からはほど遠い存在であって、メアリーと比較はできない。メアリーのナニーという設定も特殊なのである。

ナンセンスの要素

　ポピンズ・シリーズで目につく大きな特徴は、ナンセンスの要素である。笑いガスで空中に浮かぶ「笑いガス」、指があめになったり、星をのりでくっつけたりする「コリーおばさん」、人間と動物の立場が逆転する「満月」、第2月曜にはすべてが逆になる「あべこべターヴィーさん」など荒唐無稽と思われるエピソードがこれに当たる。ナンセンスはポピンズ・シリーズの笑いを生む元であると共に、そこに批判を読み取ることもできる。なかでも重要なのが「あべこべ」という逆転の発想である。この代表格は常識を裏返したアリスのふしぎの国であるが、

「あべこべ」によって、今までにない新鮮な見方が獲得できるようになる。檻に入った提督からは、檻のなかにいるのが当然と思われている動物から人間を見ることができるし、「あべこべターヴィーさん」では、さかさまになって、気持ちが自由になる。しかめ面のタートレットさんが笑顔になって、人生を楽しむことができるようになるのである。そして、タートレットさんは、かねてから彼女に想いをよせていたターヴィーさんと結婚する。トプシー・タートレットとアーサー・ターヴィーとが一緒になって、あべこべという意味の「トプシー・ターヴィー」（topsy-turvy）ができあがるのである。ここでは言葉遊びも行っている。

神話的方法

　エッセイ「ただ結びつけることさえすれば」のなかでトラヴァースは、神話について、「神話は創られたものではなく、呼び出されたもの」(They are not creat-ed but summoned.) で、それは祖先から綿々と伝えられてきた記憶としてわれわれの血のなかを駆けめぐっていて、人は知らずに絶えず神話を再生産しているのだと言っている。続けて、妖精物語（fairy tales）について、神話がその地方の人々の心にかなうように変えられたものが妖精物語であり、言わば「時間と場所のなかに落下してきた神話」(fairy tales are the myths fallen into time and locality,) なのだと言っている。さらに、妖精物語の重要性について、妖精物語はわれわれの真の姿を見せてくれるものなので、人は自分が何者であるかを知るために、つまり自分の物語の主人公は自分であることを認識するために、妖精物語は語られなければならないのだと主張する。

　また、トラヴァースはウィリアム・ワーズワース（William Wordsworth, 1770-1850）と同じように、子どもの想像力、純

真さこそが妖精物語を理解し、自分の真の姿をつかむ鍵なのだとして、子ども時代に大きな価値を見出している。『眠り姫について』の「あとがき」("Afterwords" Sleeping Beauty, 1975)で、トラヴァースは眠りの意味をこう問いかけてさえいる。

> ここで扱われているのは、眠れる魂とそれを取り囲み覆い隠している、人生のあらゆる外界の事物、つまり子ども時代以降は眠りにおち、目覚めさせない限り人生を無意味にしてしまうもの、なのだろうか。
>
> Are we dealing here with the sleeping soul and all the eternal affairs of life that hem it in and hide it; something that falls asleep after childhood, something that not to waken would make life meaningless?

ここで「眠り姫」になぞらえた眠れる魂とは、子ども時代以降は忘れてしまっている妖精物語のことで、自分の隠れた側面を気づかせてくれるものが妖精物語なのである。

「ただ結びつけることさえすれば」でトラヴァースは「メアリー・ポピンズは妖精物語と同じ世界から出現した」と言っているし、『とびらをあける』の「末ながく幸福に」では、ゾウのアルフレッドがメアリー・ポピンズのことを「ほんとうになったおとぎばなし（妖精物語）」(She's a fairy tale come true.) と断言している。トラヴァースは「メアリー・ポピンズ」シリーズで、本当の妖精物語であるメアリーを中心に、さまざまな神話的要素、妖精物語的要素を織りこんだ神話的方法で、われわれの真の姿を見せてくれているのである。この神話的方法を軸にメアリー・ポピンズの世界を眺めてみよう。

神話的要素

　神話的要素としては、神話そのもの、空へのぼるもの、生命の始まり、踊りと 4種類に分けられる。神話そのものを使用しているのは、「外出日」、「わるい水曜日」、「公園のなかの公園」、「大理石の少年」、「ハロウィーン」である。「外出日」はメアリー・ポピンズがマッチ売りのバートとバートが舗道に描いた絵のなかへはいり午後のお茶をいただくエピソードで、「わるい水曜日」はジェインが、馬ごっこをしている三人の男の子を描いた飾り皿のなかにはいり、「公園のなかの公園」はメアリーと子どもたちが、ジェインの作った公園のなかにはいる。これらのエピソードは、自分の描いた絵のなかへ消えたという唐時代の画家ウー・タオツ（Wu Tao-tsz 呉道子　生没年不詳）の伝説を基にしている。「大理石の少年」は公園のネリウスの銅像が台座をおりて遊ぶ話だが、ネリウスはギリシャ神話の海神ポセイドンの子どもである。「ハロウィーン」の木の葉の知らせの手紙には、アイネイアスの物語を使っている。ただトラヴァースは「ただ結びつけることさえすれば」のなかで、アイネイアスの木の葉に伝言を書くエピソードは、作品を書いた後で気がついたと述べている。これは神話は「創られたものではなく、呼び出されたもの」の現れと考えられる。

　ギリシャ神話では、カストルとポルクスは双子座になり、ヘラクレスも死後ゼウスが天にひきあげたとされている。空中へ昇るのも神話的要素と考えられる。メアリー・ポピンズ自身、西風やメリー・ゴウ・ラウンドにのって空へ去っていく。またメアリーには空中に浮かぶ親戚や知り合いが多い。笑いガスのウィッグさん、空へ星をはりつけるコリーおばさん、ノアの箱舟のネリー・ルビナ、プレアディス星座のマイア、風船ばあさん、ペパミントの馬のミス・キャリコたちである。

　生命の始まりを扱ったエピソードは「ジョンとバーバラの物

語」と「新入り」である。「ジョンとバーバラの物語」で、双子の赤ちゃん、ジョンとバーバラは、日の光や星、風や木と言葉がかわせる。ムクドリは子ども部屋にやってきては、二人を相手におしゃべりを楽しんでいた。しかし双子がはじめての誕生日をむかえた翌日、ムクドリが二人に会いにやってくると、ジョンもバーバラもムクドリの言うことがわからない。ムクドリはさめざめと泣く。これは、成長するとともに忘れてしまう子ども時代の記憶、子どもの想像力について語った物語である。ムクドリは双子の妹のアナベルのときにも、涙を流すことになる。

「新入り」では、もう一段、生命の始まりまで話が深まる。アナベルはムクドリに誕生までの長い旅を語る。アナベルは、自分は土と空と火と水であり、すべてのものの始まりである闇から、海と潮から、空と星から、太陽と輝きから、土と森から来た、暗い深い水のなかを抜けてきた、と言う。しかし１週間すると、ムクドリと話はできるものの、アナベルは生命の誕生の旅のことを忘れてしまう。ムクドリはアナベルが忘れてしまったことに落胆し涙を流す。ここでアナベルの長い旅は、「高潮」で大ウミガメが語る、ものの起源と呼応するものである。

「舞踏」を『イメージ・シンボル事典』で引くと、〔豊饒の踊り〕の項に、「２.創造の行為としてさまざまな創造神話のなかに踊りがある。６.天と地を結ぶ鎖のシンボルであり、同時に男女の結合を促す宇宙的な婚姻としての腕を組み合わせた踊り。12.踊りは愛に適しい運動」とあり、〔次のものの動作の模倣〕の項に、「１.太陽を表すb.日輪の踊り、かがり火のまわりの踊り。２.星a.たいていの輪舞は星の運行を模倣した」とある。ポピンズ・シリーズのなかには、星座や動物たちが集まって踊るエピソードがあるが、これは舞踏のシンボル的な意味から神話的と見ることができる。「満月」、「夜の外出日」、「高潮」、「末ながく幸福に」、「公園のなかの公園」、「ハロウィーン」、『さくら通り

の』がこれにあたる。これらのエピソードには、「すべてのものが一つになる」というトラヴァースのメッセージがこめられている。

「満月」は、メアリー・ポピンズの誕生日と満月がぶつかった夜、動物園で動物たちが檻から出て、メアリーの誕生祝いをする。動物園では人間と動物の立場があべこべになり、閉園後、動物園にとり残された人間が檻に入れられていた。そのなかで一番の見物はブーム提督だった。メアリーの誕生日を祝って、動物の王であり、メアリーの親類でもあるキング・コブラが、メアリーに自分の金色の皮をプレゼントする。プレゼントの後、動物たちはメアリーをかこんで、敵対するものも仲良く「くさり輪おどり」を踊る。キング・コブラは、みんなすべて同じもので作られているのだ、と言う。

「夜の外出日」は、メアリー・ポピンズの夜の外出日に、星座も月も世界を輝かすのをやめて、空の演技場に集まり、メアリーのためにサーカスを行う。太陽がむちを鳴らし、土星が道化で、ペガサスにヴィーナスが乗り、ライオンや大グマ、小グマ、３びきの子ヤギ、竜たちが演技をし歌を歌う。そして最後にみんなして「めぐる空の踊り」を踊る。踊りの輪の中心で、太陽はメアリーを相手に踊る。太陽は言う、「何が本当で、何が本当でないのでしょう？　何か考えることが、それを本当のものにするということです」と。

「高潮」は、メアリー・ポピンズの外出日の第２木曜日が高潮と重なったとき、深海で高潮パーティが開かれる。「満月」の動物と同様に、ここでも魚と人間があべこべになって魚が人間を釣っている。パーティのハイライトは、世界最古で一番の賢者である大ウミガメの挨拶である。大ウミガメは海の下の世界の根底のほらあなに住み、あらゆるものがそのほらあなから始まりほらあなに帰るのだ、とものの起源を語る。大ウミガメは来賓のメアリーを「若い身寄りよ！」と呼びかけ歓迎し、パ

ーティの出席者全員でホーンパイプ踊りを踊る。海も陸とそっくりと言うジェインに、大ウミガメは「陸は海から出てきたもので、大地の上にあるものは、動物も宝石も星座も月もみんな、海に兄弟をもっている」と告げる。

　「末ながく幸福に」は、大晦日の夜に古い年が終わって新しい年が始まる「時のすきま」を描いたエピソードである。大晦日の夜、メアリー・ポピンズはマイケルたち4人のおもちゃをとりあげ戸棚の上に一列にならべる。青いアヒル、サルのビニー、ゾウのアルフレッド、金色のブタである。そして4匹の動物と向かい合わせに、『ロビンソン・クルーソー』、『緑色の童話集』、『マザー・グース童謡集』を開いて立てる。夜中の12時、大時計の鐘の打ち始めとともに、おもちゃの動物たちは動きだし公園へ向かう。大晦日の12時の打ち始めから打ち終わるまでの「時のすきま」は「あらゆるものが、ひとつのようになり、永遠の敵同士が会って許しあう、ただひとつの時でただひとつの場所で、そこではだれもが末ながく幸福に暮らす」のである。メアリー・ポピンズがアコーディオンを、ブタがフルートを、ネコがバイオリンをひき、クロドリが歌うなか、巨人退治のジャックと巨人、ウサギとカメ、3匹の目の見えないのネズミとおかみさん、ライオンと一角獣など「昔からのおとぎばなし」が全部、敵同士が楽しげに踊りを踊る。そして鐘が12打ち終わると同時に、おとぎばなしの登場人物も音楽も消えてしまう。妖精物語や伝承童謡の主人公が集合するこのエピソードは、神話的要素と同時に、妖精物語的要素も兼ね備えているといえる。

　「公園のなかの公園」は、ジェインが作った公園のなかに入るエピソードである。モウさんの欲張りの奥さんであるマチルダが、お嫁さんをさがしていたネイティブ・アメリカンに連れ去られたあと、モウさんは大喜びでヒッコリさんのまわりをぐるぐるまわり、子どもたちと婚礼の宴会をはじめる。子どもた

ちの「愛が世界を、まわすんだよ！」という言葉とともに公園全体もまわりだす。「貧しい人たちの公園」は、喜びを知った心豊かな人々の公園になる。この「公園のなかの公園」で、ジェインはメアリーに「世界中のものは、何でも何か他のもののなかにあるんだと思う？」と聞く。これはすべてのものは全宇宙の一部であるという考えに結びつく。またジェインは公園を去るときに、大小両方の公園の存在を感じ、「同じ時に、二つの場所にいる」ことを実感する。これはトラヴァースが言う、現実と想像の両方の世界の存在を信じる、子どもの感覚につながるものである。

　「ハロウィーン」は、公園での影たちの饗宴が描かれる。ハロウィーンの日、公園に、踊る牝牛、王さまを見たネコ、コック・ロビンなどマザー・グース童謡の登場人物の影、総理大臣、公園番、提督などさくら通りの住人たちの影などが集まり、自由になった影たちが、メアリー・ポピンズを迎えて、誕生日の前夜祭を行う。メアリーは次から次へと影を相手に踊りまわるが、メアリー自身の影はメアリーにぴったりくっついて決して離れない。鳥のおばさんの影が言うように、影は「その人の内側の外っかわ」で、別のその人であり、影が知っていることをわかるようになれば、賢くなるのである。

　『さくら通りの』は、夏至祭りの宵を描いたエピソードである。「一年のうちでとっておきの魔法がしかけられる晩」、メアリー・ポピンズは子どもたちを連れ公園にやってくる。公園の薬草園には、お目当てのものを求めて、空から星座たちがおりてくる。オリオンはさくらんぼを取り、双子座のカストルとポルクスは馬の餌にする草を摘むのである。そのうち、うなりごまが回り、夜なきウグイスが歌い、星座たちとメアリー、ジェインとマイケル、公園にいた人々が輪になって踊りだす。池のほとりからは誰かが合唱する星たちの唄「緑に茂るイグサ」（"Green Grow the Rushes-O!"）が聞こえてくる。

「ふたり、ふたりは白百合のように白い男の子
　緑の草で身をおおう、
　ひとりはひとり、ひとりきり、
　ずっとずっとひとりきり！」

　時間がきて踊りが終わったとき、輪になった人々と星座たちを前にして、公園番は忘れていた、子どもの頃の楽しかった感覚を取り戻す。またバンクスさんは、「失くしたものは、必ずどこかにある」というメアリー・ポピンズの言葉通りに、子どもの頃に失くした白銅貨を見つけだす。
　このエピソードでは、空と地上にあるものがひとつになる。

　こまはくるくる、こまのまわりでみんなもくるくる円を描く。円のまわりを公園が囲み、公園のまわりを地球が囲み、地球のまわりを、暗くなってきた空が囲んでる。

　The top spun and the circle spun round it, and the Park round the circle, the earth round the Park and the darkening sky round the earth.

　そのなかで公園番もバンクスさんも、子ども時代以降、失っていたものを見つけだすのである。星たちの唄として聞こえてくる「緑に茂るイグサ」は、イギリスの古い積み重ね唄で、過ぎ越しの祝いに唄われ宗教的および神話的要素をもっている。白百合のように白いふたりの男の子とは、ギリシャ神話で双子座になった双生児のカストルとポルクスを指す。「ひとりはひとり…」というリフレインは、孤立性という妖精物語の本質に触れている。トラヴァースとのインタビューで、J.コットはこの『さくら通りの』を全シリーズのエッセンスと考えていいか

もしれないと言っている。

妖精物語的要素

　妖精物語的なエピソードは、現実にあるものをヒントにメアリー・ポピンズが物語を語るという形式をとり、ここには、妖精物語の真の働きである、自分の本当の姿を知るというメッセージが込められている。「踊る牝牛」、「王さまを見たネコ」、「ロバートソン・アイの話」、「どのガチョウも白鳥」がこれにあたる。またこの形式のエピソードには、マザー・グース童謡が使用されていることが多いのも特徴である（マザー・グース童謡については、まとめて述べる）。

　「踊る牝牛」は、耳が痛いジェインに、通りをやってきた牛についてメアリー・ポピンズが語った、メアリーのお母さんの仲良しだった赤牛の物語である。他の牛のお手本で、踊りなどはしないと思っていた赤牛が突然踊りだす。踊りがやめられなくなった赤牛は王様に助けを求めに行く。牛の角に落ちた星が突き刺さっているのがわかって、王様は「月を跳び越えた牝牛」の話を参考に、赤牛に月を跳び越してみなさいと助言する。助言にしたがって赤牛が月を跳び越すと星はとれて踊りはとまる。しかし、赤牛は星のおかげで味わった踊る楽しみが忘れられず星をさがしに旅にでる。

　「王さまを見たネコ」は、「ネコだって王さまを見ていいんでしょう！」というメアリー・ポピンズの言葉を始まりに、歯痛のマイケルに、マイケルが誕生日祝いにもらった、青と緑の花がらのついた、白い瀬戸物の小さなネコについてメアリーが語った物語である。それは、深い緑の目であっという間に相手が何者であるか見抜いてしまう白い小さなネコで、物知りが自慢の種の王様と知恵比べをする。結果は、「おとぎばなしから学ぶものはない」と豪語する王様の負けで、玉座を追われること

となる。ネコの目を見て、王様は自分が考える人間などではなく、陽気な浮かれ者であることを悟る。

「ロバートソン・アイの話」は、のらくら寝てばかりいるロバートソン・アイについて、メアリー・ポピンズが語った物語である。賢さを持ちあわせない愚か者の王様に、お妃はじめ大臣たちが知恵を授けようとやっきになっている。そこへ「のらくらもの」がやってきて、王様に、何もしないことと、歌を教える。王様は自分の本当の姿に気づき、大教授の出す問題にも立派に答えるのである。王様はお妃に別れを告げ、のらくらものと虹をのぼっていく。何もしないことは考えること、ものの真実を知ることにつながる。そしてのらくらものは妖精物語によく登場する主人公「うすのろ」（純粋で実は何でもわかっている）にもつながっているのである。

「どのガチョウも白鳥」は、メアリー・ポピンズが語るガチョウ番の女の子の物語である。ガチョウ番の娘は小川に姿を映しては自分がみなりを変えた王女だと考え、向こう岸のブタ飼いの若者には釣り合わないと思っていた。その小川の近くにいた生き物はみな同じことを考えていた。ブタ飼いは王子、ブタはヒツジ、ガチョウは白鳥、ロバはアラビア馬という具合である。そこへ浮浪者がやってきて、皆の目を覚まさせる。ガチョウ番の娘は、ブタ飼いの若者と恋をする。

「物語のなかの子どもたち」では、本物の妖精物語を使用している。ジェインがマイケルに読んで聞かせていた『銀色の童話集』のなかの3人の王子がジェインとマイケルの前に現れる。竜と戦うフロリモンド、ヴェリタン、アモールの王子たちは、マイケルたちこそ物語のなかの子どもだと言いはる。どちらが現実でどちらが物語かわからないまま、フロリモンドが一角獣を呼びよせ、皆で公園を探検しはじめる。すると、一角獣を目にした大人たちが、動物園にいれろ、剥製にしろ、サーカスに

いれろと言いだし公園中大騒ぎになる。公園番、ラークさん、教授は3人の王子のこと、子ども時代のことを思い出し、幸せな気持ちになる。王子と一角獣はメアリーの助けを借り、「覚えてて！」という声を残していなくなる。トラヴァースはこのエピソードで、本物の妖精物語の主人公を登場させ、大人に忘れていた大切なものを思い出させている。

　J.コットのインタビューで、トラヴァースは、グリム童話のなかで意地悪な継母が石うすの下じきになるのは当然の報いなのだと、言う。そして、利己主義に対する当然の報いを描いているメアリー・ポピンズシリーズは、こわい本だとも言っている。当然の報いを描いている妖精物語的なエピソードは、「わるい火曜日」と「わるい水曜日」と「幸運の木曜日」である。この 三つのエピソードは火曜日、水曜日、木曜日ということからも関連が読みとれるが、「火曜日」と「木曜日」はマイケルに、「水曜日」はジェインに関する話であり、いずれも自分の不機嫌さから起こったことで窮地に陥り、最後はメアリー・ポピンズに助けられる展開となっている。利己主義の罰として「閉じ込められる」人物を描いたエピソードもある。「トイグリーさんの願いごと」のクランプ夫人、「公園のなかの公園」のマチルダ・モウ、「ミス・アンドリューのヒバリ」と『おとなりさん』のミス・アンドリューである。「閉じ込められる」のは自分の行いの当然の報いなのでこの3人の女性に誰も同情しない。『おとなりさん』が「メアリー・ポピンズ」シリーズの最後に、しかもひとつのエピソードだけの作品として発表されたことを考えると、「閉じ込められる」というテーマはトラヴァースにとって大きな関心事だったと思われる。利己主義も自分を知るための重要な要素であり、ここにも妖精物語のメッセージが生きている。

メアリー・ポピンズの正体

　最後にメアリー・ポピンズその人について考えてみよう。バンクス家の乳母としての３度の訪問は、いずれも空からきて空へと去っていく。東風にのってやってきて西風にのって去り、タコの糸にひかれて下りてきてメリー・ゴウ・ラウンドにのって去り、花火の火花とともに下りてきて扉をあけて去っていく。親類や知り合いに空中にのぼる人物が多い——笑いガスのウィッグさん、月のなかの男、風船ばあさん、ペパミントの馬のキャリコおばさん、空に星をはりつけるコリーおばさん、プレアディス星団のマイアなどである。空（天）へのぼるということは神話的な要素である。また、動物の王であるキング・コブラや世界最古で一番の賢者の大ウミガメと親類だったり、海神ポセイドンと友人だったり、春をもたらすノアの箱舟のネリー・ルビナの手伝いをしたりする。生命のはじまりの旅を忘れず、この世の創世を知り、太陽や星や木や動物と話ができる。神話的、宇宙的な広がりを持つ人物なのである。ただしその素性ははっきりしない。

　メアリーはジェインやマイケルに物語を語ったり、二人を不思議な世界に連れていくが、その世界の秘密は決して明かさない。しかしその世界が本物だという証拠は残してくる。ジェインが逃げだしたあと飾り皿の絵にメアリーのスカーフが残っていたり、キング・コブラや大ウミガメの贈物をメアリーが身につけていたりするところである。そして、メアリー・ポピンズは「緑に茂るイグサ」のリフレイン「ひとりはひとり、ひとりきり、ずっとずっとひとりきり」のように本質的にひとりで、孤立した存在なのである。J. コットのインタビューでトラヴァースは、マックス・リュティ（Max Lüthi）の『昔話の本質』（*Es War Einmal*, 1962）の次の言葉に合意している。

　　昔話（妖精物語）は人間を本質的に孤立した存在と見なす。
　　…孤立した存在だからこそ人間はあらゆるものと関係を結

びうるのである。そして昔話の世界には地球だけでなく、全宇宙が属している。　　　　　　　　　　（野村泫訳）

　メアリー・ポピンズは素性においてもまわりの人との交流においても孤立性を有し、全宇宙と結びついている。つまりメアリー自体が妖精物語であり、まさに「ほんとになったおとぎばなし（妖精物語）」（「末ながくしあわせに」）なのである。メアリーのバンクス家への訪問が３回というのも妖精物語の法則に合致する。
　ＡＥはメアリー・ポピンズは「その時代に最も適した服装であらわれる」（「ただ結びつけることさえすれば」）と言ったが、メアリーがナニーであることには大きな意味がある。ヴィクトリア朝からエドワード朝にかけて、子ども部屋で子どもの世話を専用に行う住み込みのナニーに子どもが育てられた時代に、ナニーには子どもの道徳的な面の発達を担う重要な役割りがあった。メアリーはジェインとマイケルに「満月」や「高潮」や「夜の外出日」でキング・コブラや大ウミガメや太陽の言葉を聞かせ、「末ながく幸せに」で時のすきまに連れていく。そこで、「この世のあるものはすべて同じものでつくられている」、「大地にあるものは、すべて海から出てきている」ことを知らせ、「なにがほんとうで、なにがほんとうでないか」を考えさせ、「あらゆるものがひとつのようになることで感じる、末ながく幸福」な気持ちを味わわせる。トイグリーさんのところでは、「自分のほんとうの音楽」を、「王さまを見たネコ」や「どのガチョウも白鳥」で自分とは何かを考えさせる。また、ジェインに子ども時代に特有の「同じ時に二つの場所にいる」体験をさせたり、喪失感をともなう「さびしさ」を感じさせたりする。ジェインとマイケルに、全宇宙は一つのように調和したものであること、そして自分自身の真の姿を伝えようとしている

のである。さらに、「物語のなかの子どもたち」や夏至祭りの宵での公園番などの姿を通じ、大人が忘れてしまっている、子ども時代の豊かな感情を思い出させようともしている。メアリーはナニーとして、純粋な想像力をそなえた子どもであるジェインやマイケルに、妖精物語の世界を体験させその価値を伝えているのである。スタファン・ベルグステンは『メアリー・ポピンズと神話』(1978)のなかで、W.ワーズワスの「不滅の頌詩」(Intimation of Immortality, 1804)を引用して、メアリー・ポピンズを子どもの心を持ち続け、真実を知る、「偉大なる預言者、めぐまれし先見者」(前川俊一訳)と言っている。

さて、ポピンズ・シリーズに登場する子どもたち、とくにジェインとマイケルは、受身であると批判され続けている。しかし、この批判は当たらないと考える。二人はメアリー・ポピンズから妖精物語を聞かされたり、体験させられたりする立場にあるのだから、受身は当然なのである。作品の主役はあくまでメアリー・ポピンズであり、妖精物語であって、二人がメアリーより前面に出てくることはない。だが、二人には重要な役割りがある。ジェインとマイケルはナニーであるメアリーを完全に信頼し安心している。なにかあったら必ず助けにきてくれると信じていて、その通り「わるい火曜日」や「わるい水曜日」など、メアリーは間一髪のところで二人を助けにくる。このジェインとマイケルの安心感は、妖精物語を語り部から聞いている子どもたちの安心感につながる。現代までポピンズ・シリーズが読まれつづけている理由の一つは、この安心感が読者の安心感、心地よさになっていることである。

マザー・グース童謡

「メアリー・ポピンズ」シリーズには、マザー・グースの唄の登場人物が数多く登場する。伝承童謡であるマザー・グースは、

神話や妖精物語と同様に、長い系譜を持っている。マザー・グースを使うことにより、作品が詩的になると共に、その古さから妖精物語的な雰囲気が増す効果がある。作品中には『公園の』に出てくる「緑に茂るイグサ」のようにマザー・グース以外でもよく知られた唄もあるが、ここではマザー・グースだけに注目することとする。

　ポピンズ・シリーズに見られるマザー・グースは、唄の登場人物がエピソードの主役になっているものと、エピソード中にさまざまな登場人物が勢揃いするものがある。前者のエピソードは、『風にのってきた』の「踊る牝牛」、『とびらをあける』の「王さまを見たネコ」、『公園の』の「公園のなかの公園」、「幸運の木曜日」、『おとなりさん』である。後者のエピソードは『とびらをあける』の「末ながく幸福に」と『公園の』の「ハロウィーン」である。前者のエピソードに使われたマザー・グースの唄（冒頭部分）を挙げる（いずれも渡辺茂訳）。

　「踊る牝牛」で使われた唄は、

　　トラララー、
　　Hey diddle diddle,

　「王さまを見たネコ」では、

　　猫だって王さまを見ちゃいけないという法はない、
　　A cat may look at a king,

　　猫ちゃん、猫ちゃん、どこに行ってた？
　　Pussy cat,pussy cat,where have you been?

　　コールの王様、

Old King Cole

ボウ・ピープちゃん羊たちがいなくなっちゃった
Little Bo-peep has lost her sheep,

六ペンスの唄歌おうよ
Sing a song of sixpence,

トラララー、
Hey diddle diddle,

がちょうおばさん
Old Mother Goose,

かえるのお兄さん嫁さんもらいにいくと言う、
A frog he would a-wooing go,

「公園のなかの公園」では、

イーニー、ミーニー、マイニー、モウ、(筆者訳)
Eenie,meenie,minie,mo

チクタク、チクタク、チクタク、
Hickory,dickory,dock,

巻き毛の、巻き毛のお嬢さん、
Curly locks, Curly locks,

「幸運の木曜日」では、

あかるい星　かがやく星
　　Star light, star bright,

『おとなりさん』では、

　　月のなかの男
　　The man in the moon

　エピソードに使われたマザー・グースの唄は、ルイス・キャロルの『鏡の国のアリス』（*Through the Looking-Glass*, 1871）に出てくる「ハンプティ・ダンプティ」（"Humpty Dumpty"）や「トウィードルダムとトウィードルディー」（"Tweedledum and Tweedledee"）のように、唄の内容がそのまま物語の筋として使われることはない。「踊る牝牛」は、唄の「牝牛が月を跳び越えた」というところだけが使われ、「月を跳び越えた牝牛の話」を参考に王様が助言し、角に突き刺さった星をはずそうとして、赤牛が月を跳び越すのである。
　「王さまを見たネコ」では、「ネコだって王さまを見ていいんでしょう」という唄の言葉が3回使われる。次にネコがお妃に会いにいく場面で、場所はロンドンではなくお屋敷だが、玉座の下のネズミを脅かすところまで「猫ちゃん」の詩がそのまま使われている。
　王様は自分の家畜の世話をするのはボウ・ピープで、パイには二十と四羽のクロドリが入っていると自慢をする。ボウ・ピープは置きわすれてきたシッポを羊たちに縫いつけてやった羊飼いの「ボウ・ピープちゃん」で、二十四羽のクロドリ入りのパイは、開くと小鳥が歌いだす「六ペンスの唄」のパイである。そして、自分が陽気な浮かれ者と悟り、「パイプとポンチ酒をもってまいれ、バイオリンひきを3人を呼びいれよ」と叫ぶ王

様は「コールの王様」そのものである。さらに、ネコが帰り道に出会う牝牛、ガチョウ、カエルもマザー・グースの童謡の主人公である。牝牛は前述の「月を跳び越した牝牛」で、ガチョウは「がちょうおばさん」にでてくる、息子が市場で買ってきた金の卵をうむガチョウで、カエルは母親のいうことをきかず、ハツカネズミの娘に結婚を申し込みにいって最後はあひるに飲みこまれてしまう「カエルのお兄さん」である。

「公園のなかの公園」にでてくるメアリー・ポピンズのいとこのモウさんと三人の子ども、イーニー、ミーニー、マイニー、それにヒッコリさんと双子の赤ちゃん、ディッコリとドックは、それぞれ、二つの「鬼決め唄」の「イーニー、ミーニー、マイニー、モウ」と「チクタク、チクタク、チクタク（ヒッコリ、ディッコリ、ドック）」からとっている。またネイティブ・アメリカンの足をつかまえたが、さわいだのではなしてやったというイーニーたちの報告は、唄の内容と一致し、欲張りなマチルダをお嫁さんにと口説き連れ去るネイティブ・アメリカンの登場のきっかけになっている。ネイティブ・アメリカンは「月の光のふりそそぐ、毛布のうえに座を占めて、野生のイチゴ、ヘビ、クルミ汁でめしを食う！」と「巻き毛のお嬢さん」の替え唄を歌う。

「幸運の木曜日」は、マイケルがネコ星から帰れなくなる話だが、このエピソードの中心にあるのは「不用意な願いごと」である。願いごとをするのに一番星に祈る「あかるい星」が使われる。話のなかでは、お祈りした一番星がネコ星でネコが勝手に願いごとをかなえるという設定になっていて、遠くへいきたいという願い通り、マイケルはネコ星にやってくるのである。また、『さくら通りの』でも、夏至祭りの宵が終わって星たちが空へ帰り一番星がでたときに、バンクスさんが子どもたちにこの唄を歌って願いをかけるように言っている。

『おとなりさん』で登場する「月の男（月の中の男）」はマザー・グースの唄の内容とは関係なく「月の中の男」という名称だけである。エピソードでは「月の男」はメアリー・ポピンズのおじさんで、昼も夜も眠らずにすべてを見守っていて、ルティが雲をつたって南洋の島へ帰るのを助ける。眠らない（眠れない）「月の男」は『飼葉桶の前のキツネ』の「目覚めている人が必ずいる」という結びにもつながる。「眠らずにすべてを見守る」ということについて、トラヴァースは、「わたしはあなた方に言います。目をさましていなさい！」という聖書のなかの言葉が頭にあったもので、目を覚ましていることは教育の基本だと言っている。「月の男」の月は倉庫のようで、地上でなくなった物で溢れるばかりになっている。月の中から、『おとなりさん』のエピソードと関係する品物──ブリルばあやが壊した紅茶茶碗、ジェインの落としたココアの缶、マイケルの壊れたハーモニカ、ルティが海でなくしたココナッーも、見つかる。「月の男」は『おとなりさん』のエピソード全体をつなぐ役目も果たしているのである。
　次に、マザー・グース童謡の登場人物が勢揃いするエピソードに移る。「末ながく幸福に」では、敵同士が許しあいすべてがひとつのようになる「時のすきま」に、唄の多くの主人公が集合する。メアリー・ポピンズが子ども部屋に『ロビンソン・クルーソー』と『緑色の童話集』と共に『マザー・グース童謡集』を開いておいたというのが、唄の登場人物が集まる鍵になる。ハンプティ・ダンプティは壊れるのではなく、王さまが直してくれたという設定で、ネコはバイオリンをひき、24羽のクロドリはパイから出て唄を歌い、ガチョウのグーシー・ギャンダーも青いアヒルを抱いて登場する。以上は唄のなかで対になっていない登場人物だが、仲良く踊りを踊るのは唄のなかで敵同士の主人公たちである。ジョージ・ポージーとキスされて泣

かされた女の子たち、3匹の目の見えないネズミとしっぽを切った農夫のおかみさん、ライオンと町中ライオンになぐられる一角獣、ハートのクィーンとパイを食べたハートのジャック、人形劇のパンチとパンチに殴られるジュディ、ミス・マフェットとマフェットがこわがるクモである。ここでは、殴られることも、泣かされることも、怖がることもない。「すきま」のなかではお互い愛しあう者同士なのである。またこのエピソードでは、おとぎばなしの音楽が現実の鐘の音にかきけされる箇所に、ロンドンにある塔の名前が列挙されている、「ビッグ・ベン、セント・ポール寺院、セント・ブライド教会、オールド・ベイリーの裁判所…ボウ教会」。これはいろいろな鐘のある教会や寺院が次々とでてくる「オレンジとレモン」の唄を思い起こさせる。マザー・グース童謡が妖精物語の世界と現実をつなぎ、その落差を小さくしているのである。

　「ハロウィーン」は、メアリー・ポピンズの誕生日の前夜祭ともなり、自由になった影たちが公園でパーティを開く。ここに登場するマザー・グース童謡の登場人物たちも影である——「踊る牝牛」、「王さまを見たネコ」、「だれがコック・ロビンを殺したか？」のコック・ロビン、羊飼いのボウ・ピープ、「コールの王さま」「笛吹きの子のトム」「ガチョウのグーシー・ギャンダー」など。鳥のおばさんの影の説明によると、ヒツジをなくすのはボウ・ピープで、なくしたヒツジを見つけるのはボウ・ピープの影であり、影と一体になってこそ真のボウ・ピープである。このパーティでボウ・ピープは三匹のクマと親しそうに踊るが、これは、影は害を加えるようなことはしないという影の特徴の表れなのである。

　このほか、「わるい水曜日」では、マイケルが、ジェインは水曜日に生まれたので「水曜の子どもは、なげきがいっぱい」と予言の唄を使ってからかい、さらに月曜生まれのふたごは

「月曜の子どもはお顔がきれい」、火曜生まれのマイケルは「火曜の子どもはかわいさいっぱい」と続ける。「トイグリーさんの願いごと」では、皆自分の本当の音楽を持っていると言ってトイグリーさんがオルゴールを巻く場面で、マイケルの曲はマザー・グース童謡の「ロンドン橋がおちる」であり、ジェインの曲は同じく「オレンジとレモン」である。

　以上のように「メアリー・ポピンズ」シリーズにはマザー・グース童謡が多数登場するが、唄全体が使われている場合はもちろん一部だけでも、その唄の全体、内容、リズムなどがすぐ読者の頭にうかび、メアリー・ポピンズの世界を身近なものにしてくれる。マザー・グースの効用として、ポピンズ・シリーズに妖精物語的雰囲気を増し、作品を身近に感じさせてくれることを挙げた。しかしトラヴァースの狙いは、これだけではない。J.コットのインタビューで、彼女は、どこの国の、どんな文学にも、底にはわらべ唄やおとぎ話があるが、おとなのものだったわらべ唄やおとぎ話は子ども向けの文学になってしまったと述べている。また「ただ結びけることさえすれば」で、わらべ唄の示す真実にふれ、「ハンプティ・ダンプティ」とイシスとオリシスの神話、「月を飛びこした牝牛」と空は牝牛だとするエジプトの考え、「バビロンまでは何マイル？」と人の寿命とを、関係づけている。トラヴァースは、メアリー・ポピンズを通じて、深い意味を持つマザー・グースを子どもたちに伝えているのである。そこには、純粋な想像力を備えた子どもたちは、マザー・グースの価値に気づくという確信もこめられている。トラヴァースは「神話と詩の家のお手伝い」として、妖精物語同様、マザー・グースについても、その復権を願ったのである。

2.『フレンド・モンキー』と
「メアリー・ポピンズ」をつなぐもの

　P.L.トラヴァースは、1952年の『公園のメアリー・ポピンズ』と1982年の『さくら通りのメアリー・ポピンズ』の間に、1971年に『フレンド・モンキー』という長編を出版している。『フレンド・モンキー』と「メアリー・ポピンズ」とのつながりを探ってみよう。『フレンド・モンキー』は、嵐が過ぎ去った後、ジャングルに１匹とり残されたモンキーが友だちを求めて、椰子の実をとりにきた人間の船に乗りロンドンに渡り、荷揚げ係のリネット氏の家に引き取られる。愛のかたまりのようなモンキーは、相手のことを思うあまりにやり過ぎてしまい、災いばかりを引き起こす。のどの渇いたトラは危うく溺れるところだったし、船上では、アホウドリに餌をやって幸運を不運に変えてしまい、嵐で船員が命をおとすことになるし、せっかく捕らえた海賊は逃がしてしまう。リネット家では、トレハンセイおじさんの年金の入った封筒を燃やしてしまうし、手回しオルガン弾きの手からモンキーが戻った喜びで踊りまわるなかで、モンキーは火事を起こし家は全焼し、リネット一家は隣のミス・ブラウン＝ポターの家に同居させてもらうことになる。さらに、ヴィクトリア女王の行列妨害とバタンインコ取り違え事件でリネット氏が仕事を首になった原因もモンキーにある。この後、リネット一家はミス・ブラウン＝ポターの勧めに従ってアフリカのウムトタに移住することになる。

　『フレンド・モンキー』は動物ファンタジーで、「メアリー・ポピンズ」はエブリデイ・マジックとジャンルに違いはあるものの、ジャングルのサルが人間世界のなかで騒動を引き起こすという構図は、乳母として人間世界にやってきた魔力を持つメ

アリー・ポピンズが不思議な出来事を起こすそれと同じ構造である。登場人物の類似も、『フレンド・モンキー』と、「メアリー・ポピンズ」のつながりとして目を引く。リネット一家はバンクス一家とよく似ている。リネット氏はモンキーの気持ちを思いあくまでもモンキーをかばい、何が人生で大切かを考え、ミス・ブラウン＝ポターの言うことに耳を傾ける。バンクス氏も、夏至祭りの宵にコリーおばさんを前に子どもの頃の自分の姿を見たり、なくした白銅貨が「なくなってはいない」ことに気がついたり、メアリー・ポピンズのことをわからないながらも理解している。リネット夫人、バンクス夫人は二人ともわかっていない。子どもたちも男女は逆になるが似ている。いつも見えない二匹の犬を連れている想像力豊かなエドワードとお話を作るのが得意なジェイン、現実的なヴィクトリアとマイケルという具合である。メアリー・ポピンズほど辛辣さはないが、ものの真実がわかったミス・ブラウン＝ポターはメアリー・ポピンズの姿と重なる。

　両作品のつながりで重大なのは、神話的方法である。まず両作品とも神話を使用している。『フレンド・モンキー』は、トラヴァース自身が述べているように、インドの神話伝説『ラーマーヤナ物語』のなかの猿の神ハヌマットを基にしたものである。ラーマを助けてランカーの羅刹王ラーヴァナからシーターを救出するのに協力したハヌマットのエピソードは、実際作品中にも使われている。リネット一家が漂着した「第三島」がモンキーの故郷で、仲間が王であるモンキーに挨拶にやってくる。そこで、マクワーター教授がエドワードにせがまれてハヌマットについて語るのである。モンキーは、必要な薬草を草がはえている山頂ごと運んできてしまうハヌマットのやり過ぎる面は踏襲しているが、戦闘的な面はない。「メアリー・ポピンズ」は、「外出日」に中国の絵描き呉道子の伝説を、「大理石の少

年」でギリシャ神話のネリウスの話を、「ハロウィーン」でアイネイアスを使っている。

　次に妖精物語の孤立性があげられる。ポピンズ・シリーズでは、メアリー・ポピンズ本人に、孤立性が見られる（前述の「メアリー・ポピンズの正体」参照）。

　『フレンド・モンキー』でも、ジャングルにいるサルということだけでモンキーの素性、居所は明かされない。第三島が偶然にもモンキーの故郷だったという事実は、孤立性の延長にある。地図にない動く島、第三島自体も場所は特定できず孤立性を示す。ミス・ブラウン＝ポターはスタンレー少年と二人でまわりの人と付き合わず、孤立した生活をしている。スタンレー少年には、耳が聞こえないという孤立の要素がある。孤立性は時間の超越につながり、物語の時代はヴィクトリア朝ではあるが現代と考えてもおかしくはない。ポピンズ・シリーズも20世紀初頭のエドワード朝が舞台ではあるが、エピソードの内容は生命のはじまりや自分の真の姿を探るなど、時代を超えている。

　トラヴァースは『眠り姫について』で「13番目の妖精」は、物語を先に進め、物語の結末を実現させるために「必要な敵対者」だと言っているが、モンキーをつけ狙い悪者だと思われているマクワーター教授はこの「必要な敵対者」にあたる。リネット一家が第三島に上陸したところで、悪者だと思われていたマクワーター教授が、実際は人間に捕らえられている野生の動物たちを保護し故郷に返す仕事をしていたことがわかる。リネット氏は、教授を悪者と見ていたせいで教授の正しい行動を邪推してしまったことを「見方が違っていたら、正しい事実も何の役に立つだろう」と言う。マクワーター教授の隠れた正体について、トラヴァースは「真実の真実」とJ.コットに言っている。真実の真実にリネット氏の目は開かれるのである。見方を違えたらという視点は、ポピンズ・シリーズでは「物語

のなかの子どもたち」に見られる。『銀色の童話集』から現れた3人の王子が、どちらが物語のなかの子どもなのか、ジェインとマイケルと言い争う。

　マクワーター教授が動物たちを移動させる故郷は、いずれも地図には載っていない移動する島で、大西洋の第三島のほかには、北の海の北極グマ用の第一島と、温帯動物用の南太平洋の第二島である。この動物保護のモチーフは、人間も他の生き物も宇宙の一部ですべて同じもので作られているというトラヴァースの考えに基づくものである。ポピンズ・シリーズでは、ラークおばさんが飼い犬のアンドリューの意見に従う「ラークおばさんのイヌ」や、それまで閉じこめていたヒバリの代わりにミス・アンドリューが鳥籠に入れられる「ミス・アンドリューのヒバリ」など、動物と人間の立場が逆転するエピソードに見られる。

　それでは神話的方法の効用は何か。J.コットのインタビューで、トラヴァースは、ポピンズ・シリーズを評し「もっとも平凡な中にある神秘性」と述べている。バンクス家という平凡で小さな家庭のなかに、妖精物語を使って見いだされる、人間の真実である。『フレンド・モンキー』が伝えで真実とは、愛、孤独、友だちなどである。モンキーに見られる愛と愛の災い。J. コットのインタビューでトラヴァースは、モンキーはA.R.オレイジのいう化学的愛、情動的愛、精神的愛の3種類の愛のすべてを体現する存在で、ミス・ブラウン＝ポターの言葉のように、「多いのはいつだって削れるけど、少ないのはどうにもならない」のである。また、孤独こそが人を結びつけるものである。これは、ミス・ブラウン＝ポターが幼少を回想し、その寂しさを媒介にポターとモンキーが心を通わす場面に代表される。モンキーが長い両腕を体に巻きつけて、仲間に置き去りにされた故郷を思い出していると、白いモスリンの服をきて悲し

そうな顔をした10歳の時のミス・ブラウン＝ポターが肖像画から降りたって、モンキーの横に立つ。だまってならんだまま二人の心は通いあう。真の友だちとは、ミス・ブラウン＝ポターがモンキーのやり方を認めたように、相手の生き方、やり方を認めてこそなれるのである。マクワーター教授の動物保護の視点もこれにつながる。その他、とらわれない物の見方や何が人生に大切かなど、『フレンド・モンキー』は神話的方法で真実を明かすのである。

　以上のように、『フレンド・モンキー』と「メアリー・ポピンズ」をつなぐものを探ってきたが、つながりの中心となるのは、トラヴァースの作品世界を構成する妖精物語を核とする神話的方法である。

III 作品鑑賞

P.L. Travers

CHAPTER SIX
Bad Tuesday
(Revised version)

It was not very long afterwards that Michael woke up one morning with a curious feeling inside him. He knew, the moment he opened his eyes, that something was wrong but he was not quite sure what it was.

"What is today, Mary Poppins?" he enquired, pushing the bedclothes away from him.

"Tuesday," said Mary Poppins. "Go and turn on your bath.[1] Hurry!" she said, as he made no effort to move. He turned over and pulled the bedclothes up over his head and the curious feeling increased.

"What did I say?" said Mary Poppins in that cold, clear voice that was always a Warning.

Michael knew now what was happening to him. He knew he was going to be naughty.

■-・-―――――――・-■-・-■・――――――――-・-■

> From *Mary Poppins* by P. L. Travers. illustrated Mary Shepard
> Copyright ⓒ 1934 by Harcourt Brace 1997
> Reprinted in English by permission of David Higham Associates Limited, London through Tuttle ― Mori Agency., Tokyo

『風にのってきたメアリー・ポピンズ』のなかのこの物語は、ベッドの悪い側からおりて機嫌が悪く悪戯ばかり繰り返すマイケルを、メアリー・ポピンズが磁石を使って、世界一周に連れ出す話であるが、1981年の改訂版で、トラヴァースが人種差別問題から、登場するエスキモー、黒人、中国人、インディアンを、北極クマ、金剛インコ、パンダ、イルカに変更した。しかし、日本語版は現在も変更されないままである。ここには、改訂版を載せることにする。

1 turn on your bath. 「お風呂のお湯を入れなさい」

"I won't," he said slowly, his voice muffled by the blanket.[2]

Mary Poppins twitched the clothes from his hand[3] and looked down upon him.

"I WON'T."

He waited, wondering what she would do and was surprised when, without a word, she went into the bathroom and turned on the tap herself. He took his towel and went slowly in as she came out. And for the first time in his life Michael entirely bathed himself. He knew by this that he was in disgrace[4], and he purposely neglected to wash behind his ears.

"Shall I let out the water?" he enquired in the rudest voice he had.

There was no reply.

"Pooh, I don't care!" said Michael, and the hot heavy weight that was within him swelled and grew larger. "I *don't* care!"

He dressed himself then, putting on his best clothes, that he knew were only for Sunday. And after that he went downstairs, kicking the banisters with his feet — a thing he knew he should not do as it waked up everybody else in the house. On the stairs he met Ellen, the housemaid, and as he passed her he knocked the hot-water jug[5] out of

---

2　his voice muffled by the blanket.「マイケルの声は、毛布のなかでよく聞こえませんでした」
3　Mary Poppins twitched the clothes from his hand「メアリー・ポピンズは、マイケルの手から毛布をひったくりました」
4　he was in disgrace「マイケルは悪い子と思われている」
5　jug「(取っ手とつぎ口のついた広口の) 水差し」

her hand.

"Well, you *are* a clumsy," said Ellen, as she bent down to mop up the water. "That was for your father's shaving."

"I meant to," said Michael calmly.

Ellen's red face went quite white with surprise.

"*Meant* to? You *meant* — well, then, you're a very bad heathen[6] boy, and I'll tell your Ma, so I will — "

"Do," said Michael, and he went on down the stairs.

Well, that was the beginning of it. Throughout the rest of the day nothing went right with him. The hot, heavy feeling inside him made him do the most awful things, and as soon as he'd done them he felt extraordinarily pleased and glad and thought out some more at once.

In the kitchen Mrs. Brill, the cook, was making scones.

"No, Master Michael," she said, "you *can't* scrape out the basin[7]. It's not empty yet."

And at that he let out his foot and kicked Mrs. Brill very hard on the shin, so that she dropped the rolling-pin[8] and screamed aloud.

"You kicked Mrs. Brill? Kind Mrs. Brill? I'm ashamed of you," said his Mother a few minutes later when Mrs. Brill had told her the whole story. "You must beg her pardon at once. Say you're sorry, Michael!"

"But I'm not sorry. I'm glad. Her legs are too fat," he said, and before they could catch him he ran away up the area steps and into the garden. There he purposely bumped

---

6　heathen 「野蛮な」
7　scrape out the basin 「ねりばちのパン種をこすりとる」
8　the rolling-pin 「のし棒」

into Robertson Ay, who was sound asleep on top of one of the best rock plants[9], and Robertson Ay was very angry.

"I'll tell your Pa!" he said threateningly.

"And I'll tell him you haven't cleaned the shoes this morning," said Michael, and was a little astonished at himself. It was his habit and Jane's always to protect Robertson Ay, because they loved him and didn't want to lose him.

But he was not astonished long, for he had begun to wonder what he could do next. And it was no time before he thought of something.

Through the bars of the fence he could see Miss Lark's Andrew daintily sniffing at the Next Door lawn and choosing for himself the best blades of grass. He called softly to Andrew and gave him a biscuit out of his own pocket, and while Andrew was munching it he tied Andrew's tail to the fence with a piece of string. Then he ran away with Miss Lark's angry, outraged voice screaming in his ears, and his body almost bursting with the exciting weight of that heavy thing inside him.

The door of his Father's study stood open — for Ellen had just been dusting the books. So Michael did a forbidden thing. He went in, sat down at his Father's desk, and with his Father's pen began to scribble on the blotter. Suddenly his elbow, knocking against the inkpot, upset it, and the chair and the desk and the quill pen and his own best clothes were covered with great spreading stains of blue ink. It looked dreadful, and fear of what would happen to

9 rock plants 「岩生植物」

him stirred within Michael[10]. But, in spite of that, he didn't care — he didn't feel the least bit sorry.

"That child must be ill," said Mrs. Banks, when she was told by Ellen — who suddenly returned and discovered him — of the latest adventure. "Michael, you shall have some syrup of figs.[11]"

"I'm not ill. I'm weller than you," said Michael rudely.

"Then you're simply naughty," said his Mother. "And you shall be punished."

And, sure enough, five minutes later, Michael found himself standing in his stained clothes in a corner of the nursery, facing the wall.

Jane tried to speak to him when Mary Poppins was not looking, but he would not answer, and put out his tongue at her. When John and Barbara crawled along the floor and each took hold of one of his shoes and gurgled, he just pushed them roughly away. And all the time he was enjoying his badness, hugging it to him as though it were a friend, and not caring a bit.

"I *hate* being good," he said aloud to himself, as he trailed after Mary Poppins and Jane and the perambulator on the afternoon walk to the Park.

"Don't dawdle[12]," said Mary Poppins, looking back at him. But he went on dawdling and dragging the sides of his

---

10　fear of what would happen to him stirred within Michael.「自分がどうなるか、マイケルはこわくてドキドキしました」
11　you shall have some syrup of figs.「イチヂクシロップの薬をのみなさい」
　　you shall …（必ず）…させる。
12　Don't dawdle.「ぐずぐずしないでください」

shoes along the pavement in order to scratch the leather.

Suddenly Mary Poppins turned and faced him, one hand on the handle of the perambulator.

"You," she began, "got out of bed the wrong side this morning."

"I didn't," said Michael. "There is no wrong side to my bed."

"Every bed has a right and a wrong side," said Mary Poppins, primly.

"Not mine — it's next the wall."

"That makes no difference. It's still a side," scoffed[13] Mary Poppins.

"Well, is the wrong side the left side or is the wrong side the right side? Because I got out on the right side, so how can it be wrong?"

"Both sides were the wrong side, this morning, Mr. Smarty![14]"

"But it has only one, and if I got out the right side — " he argued.

"One word more from you — " began Mary Poppins, and she said it in such a peculiarly threatening voice that even Michael felt a little nervous. "One more word and I'll — "

She did not say what she would do, but he quickened his pace.

"Pull yourself together,[15] Michael said Jane in a whisper.

"You shut up," he said, but so low that Mary Poppins

13　scoff「ばかにしたように言う」
14　Mr. Smarty!「おりこうさん！」皮肉をこめている。
15　Pull yourself together,「しっかりしなさい」

could not hear.

"Now, Sir," said Mary Poppins. "Off you go — in front of me, please. I'm not going to have you stravaiging[16] behind any longer. You'll oblige me by going on ahead.[17]" She pushed him in front of her. "And," she continued, "there's a shiny thing sparkling on the path just along there. I'll thank you to go and pick it up and bring it to me. Somebody's dropped their tiara, perhaps."

Against his will, but because he didn't dare not to, Michael looked in the direction in which she was pointing. Yes — there *was* something shining on the path. From that distance it looked very interesting and its sparkling rays of light seemed to beckon him. He walked on, swaggering[18] a little, going as slowly as he dared and pretending that he didn't really want to see what it was.

He reached the spot and, stooping, picked up the shining thing. It was a small round sort of box with a glass top and on the glass an arrow marked. Inside, a round disc that seemed to be covered with letters swung gently as he moved the box.

Jane ran up and looked at it over his shoulder.

"What is it, Michael?" she asked.

"I won't tell you," said Michael, though he didn't know himself.

"Mary Poppins, what is it?" demanded Jane, as the perambulator drew up beside them. Mary Poppins took the lit-

---

16　stravaig　「うろうろする」
17　You'll oblige me by going on ahead.　「前を歩いてくださいな」
18　swagger　「いばってあるく」

tle box from Michael's hand.

"It's mine," he said jealously.

"No, mine," said Mary Poppins. "I saw it first."

"But I picked it up." He tried to snatch it from her hand, but she gave him such a look that his hand fell to his side.[19]

She tilted the round thing backwards and forwards, and in the sunlight the disc and its letters went careering madly inside the box.[20]

"What's it for?" asked Jane.

"To go round the world with," said Mary Poppins.

"Pooh! said Michael. "You go round the world in a ship, or an aeroplane. *I* know that. The box thing wouldn't take you round the world."

"Oh, indeed — wouldn't it?" said Mary Poppins, with a curious I-know-better-than-you expression on her face. "You just watch!"

And holding the compass in her hand she turned towards the entrance of the Park and said the word "North!"

The letters slid round the arrow, dancing giddily.[21] Suddenly the atmosphere seemed to grow bitterly cold, and the wind became so icy that Jane and Michael shut their eyes against it. When they opened them the Park had entirely disappeared — not a tree nor a green-painted seat nor

---

19　she gave him such a look that his hand fell to his side.「メアリー・ポピンズがこわい目でにらんだので、手をひっこめました」

20　in the sunlight the disc and its letters went careering madly inside the box.「日の光のなかで、文字を書いた円盤が、気が狂ったようにぐるぐるまわりました」

21　The letters slid round the arrow, dancing giddily.「文字盤がくらくらおどるように、矢印のまわりを動いていきました」

an asphalt footpath was in sight. Instead, they were surrounded by great boulders of blue ice and beneath their feet snow lay thickly frosted upon the ground.

"Oh, oh!" cried Jane, shivering with cold and surprise, and she rushed to cover the Twins with their perambulator rug. "What *has* happened to us?"

Mary Poppins sniffed. She had no time to reply, however, for at that moment a while furry head peered cautiously round a boulder. Then, a huge Polar Bear leapt out and, standing on his hind legs, proceeded to hug Mary Poppins.

"I was afraid you might be trappers," he said. "Welcome to the North Pole, all of you."

He put out a long pink tongue, rough and warm as a bath towel, and gently licked the children's cheeks.

They trembled. Did Polar Bears eat children, they wondered?

"You're shivering!" the Bear said kindly. "That's because you need something to eat. Make yourselves comfortable on this iceberg." He waved a paw at a block of ice. "Now, what would you like? Cod[22]? Shrimps? Just something to keep the wolf from the door[23]."

"I'm afraid we can't stay," Mary Poppins broke in. "We're on our way round the world."

"Well, do let me get you a little snack. It won't take me a jiffy.[24]"

He sprang into the blue-green water and came up with

---

22 cod「たら」
23 keep the wolf from the door「飢えをしのぐ」
24 It won't take me a jiffy.「すぐだからね」

a herring. "I wish you could have stayed for a chat." He tucked the fish into Mary Poppins's hand. "I long for a bit of gossip."

"Another time perhaps," she said. "And thank you for the fish."

"South!" she said to the compass.[25]

It seemed to Jane and Michael then that the world was spinning round them. As they felt the air getting soft and warm, they found themselves in a leafy jungle from which came a noisy sound of squawking[26].

"Welcome!" shrieked a large Hyacinth Macaw who was perched on a branch with outstretched wings. "You're just the person we need, Mary Poppins. My wife's off gadding[27], and I'm left to sit on the eggs. Do take a turn[28], there's a good girl. I need a little rest."

He lifted a spread wing cautiously, disclosing a nest with two white eggs.

"Alas, this is just a passing visit. We're on our way round the world."

"Gracious, what a journey! Well, stay for a little moment so that I can get some sleep. If you can look after all those creatures" — he nodded at the children — "you can keep two small eggs warm. Do, Mary Poppins! And I'll get you

25 変更前はここから黒人の登場となる。黒人のほとんど裸の様子や、「黒んぼ言葉」が差別にあたるのではないかと問題になった(「メアリー・ポピンズと差別問題」p. 50参照)。
26 squawk 「(鳥などが) ぎゃーぎゃー鳴く」
27 gad 「(けなして) ほっつき歩く」
28 Do take a turn.「代わっておくれよ」

some bananas instead of that wriggling[29] fish."

"It was a present," said Mary Poppins.

"Well, well, keep it if you must. But what madness to go gallivanting[30] round the world when you could stay and bring up our nestlings. Why should *we* spend our time sitting when you could do it as well?"

"Better, you mean!" sniffed Mary Poppins.

Then, to Jane and Michael's disappointment — they would dearly have liked some tropical fruit — she shook her head decisively and said, "East!"

Again the world went spinning round them — or were they spinning round the world? And then, whichever it was ceased.[31]

They found themselves in a grassy clearing surrounded by bamboo trees. Green paperlike leaves rustled in the breeze. And above that quiet swishing they could hear a steady rhythmic sound — a snore, or was it a purr?

Glancing round, they beheld a large furry shape — black with blotches of white, or was it white with blotches of black? They could not really be sure.

Jane and Michael gazed at each other. Was it a dream from which they would wake? Or were they seeing, of all things, a Panda! And a Panda in its own home and not behind bars in a zoo.

The dream, if it was a dream, drew a long breath.

"Whoever it is, please go away. I rest in the afternoon."

---

29 **wriggle**「体をくねらせる」
30 **go gallivanting**「(刺激を求めて) 遊びまわる」
31 **And then, whichever it was ceased.**「そしてそれから、どちらだろうとまわるのは終りました」

The voice was as furry as the rest of him.³²

"Very well, then, we *will* go away. And then perhaps" — Mary Poppins's voice was at its most priggish³³ — "you'll be sorry you missed us."

The Panda opened one black eye. "Oh, it's you, my dear girl," he said sleepily. "Why not have let me know you were coming? Difficult though it would have been, for *you* I would have stayed awake.³⁴ The furry shape yawned and stretched itself. "Ah well, I'll would have to make a home for you all. There wouldn't be enough room in mine." He nodded at a neat shelter made of leaves and bamboo sticks. "But," he added, eying the herring, "I will not allow that scaly seathing under any roof of mine. Fishes are far too fishy for me."

"We shall not be staying," Mary Poppins assured him. "We're taking a little trip round the world and just looked in for a moment."

"What nonsense!" The Panda gave an enormous yawn. "Traipsing³⁵ wildly round the world when you could stay here with me. Never mind, my dear Mary, you always do what you want to do, however absurd and foolish. Pluck a few young bamboo shoots³⁶. They'll sustain you till you get home. And you two"— he nodded at Jane and Michael — "tickle me gently behind the ears. That always sends me to sleep."

32　The voice was as furry as the rest of him.「その声は毛深い体によく合ったこもった声でした」
33　priggish「気難しい」
34　Difficult though it would have been, for *you* I would have stayed awake.「難しかっただろうが、あんたのためだったら目をさましていただろうに」
35　traipse　「ぶらつく」
36　a bamboo shoot「竹の子」

Eagerly they sat down beside him and stroked the silky fur. Never again — they were sure of it — would they have the chance of stroking a Panda.

The furry shape settled itself, and as they stroked, the snore — or the purr — began its rhythm.

"He's asleep," said Mary Poppins softly. "We mustn't wake him again." She beckoned to the children, and as they came on tip-toe towards her, she gave a flick of her wrist[37]. And the compass, apparently, understood, for the spinning began again.

Hills and lakes, mountains and forests went waltzing round them to unheard music. Then again the world was still, as if it had never moved.

This time they found themselves on a long white shore, with wavelets lapping and curling against it.[38]

And immediately before them was a cloud of whirling, swirling sand from which came a series of grunts. Then slowly the cloud settled, disclosing a large black and grey Dolphin with a young one at her side.

"Is that you, Amelia?" called Mary Poppins.

The Dolphin blew some sand from her nose and gave a start of surprise. "Well, of all people, it's Mary Poppins! You're just in time to share our sand-bath. Nothing like a sand-bath for cleansing the fins and the tail."

37　she gave a flick of her wrist.「手首をさっと動かしました」
38　変更前はここからネイティブ・アメリカンのインディアンの登場となる。インディアンの子の風のはやがけとの競走で、マイケルがおこって、歯をくいしばって、キイキイいいながら風のはやがけを追いかける。このときの「インディアンの子どもなんかに負けるものか」というマイケルの言葉が差別的だとP. デマースは指摘する（「メアリー・ポピンズと差別問題」p. 50参照）。

"I had a bath this morning, thank you!"

"Well, what about those young ones, dear? Couldn't they do with a bit of scouring?"

"They have no fins and tails," said Mary Poppins, much to the children's disappointment[39]. They would have liked a roll in the sand.

"Well, what on earth or sea are you doing here?" Amelia demanded briskly.

"Oh, just going round the world, you know," Mary Poppins said airily, as though going round the world was a thing you did every day.

"Well, it's a treat for Froggie and me — isn't it, Froggie?" Amelia butted him with her nose, and the young Dolphin gave a friendly squeak.

"I call him Froggie because he so often strays away — just like the Frog that would a-wooing go, whether his mother would let him or no.[40] Don't you, Froggie?" His answer was another squeak.

"Well, now for a meal. What would you like?" Amelia grinned at Jane and Michael, displaying a splendid array of teeth. "There's cockles[41] and mussels[42] alive, alive-O[43]. And the seaweed here is excellent."

"Thank you kindly, I'm sure, Amelia. But we have to be home in half a minute." Mary Poppins laid a firm hand on

---

39　much to the children's disappointment 「子ども達はひどくがっかりしました」
40　the Frog that would a-wooing go, whether his mother would let him or no. 「おっかさんがいいと言おうが言うまいが、嫁さんをもらいに行くと言うカエル」　マザー・グースの詩に出てくるカエル。
41　cockle 「トリ貝」
42　mussel 「ムラサキガイ」
43　alive-O 「いきのいいのがよ！」

the handle of the perambulator.

Amelia was clearly disappointed.

"Whatever kind of visit is that? Hullo and goodbye in the same breath. Next time you must stay for tea, and we'll all sit together on a rock and sing a song to the moon. Eh, Froggie?"

Froggie squeaked.

"That will be lovely," said Mary Poppins, and Jane and Michael echoed her words. They had never yet sat on a rock and sung a song to the moon.

"Well, au revoir, one and all. By the way, Mary, my dear, were you going to take that herring with you?"

Amelia greedily eyed the fish, which, fearing the worst was about to happen, made itself as limp[44] as it could in Mary Poppins's hand.

"No. I am planning to throw it back to the sea!" The herring gasped with relief.

"A very proper decision, Mary." Amelia toothily smiled. "We get so few of them in these parts, and they make a delicious meal. Why don't we race for it, Froggie and me? When you say 'Go!', we'll start swimming and see who gets it first."

Mary Poppins held the fish aloft.

"Ready! Steady! Go!" she cried.

And as if it were bird rather than fish, the herring swooped up and splashed into the sea.

The Dolphins were after it in a second, two dark striving shapes rippling through the water.

Jane and Michael could hardly breathe. Which would win

44　limp「ぐにゃぐにゃの、へなへなの」

the prize? Or would the prize escape?

"Froggie! Froggie! Froggie!" yelled Michael. If the herring had to be caught and eaten, he wanted Froggie to win.

"F-r-o-g-g-i-e!" The wind and sea both cried the name, but Michael's voice was the stronger.

"What *do* you think you're doing, Michael?" Mary Poppins sounded ferocious.

He glanced at her for a moment and turned again to the sea.

But the sea was not there. Nothing but a neat green lawn; Jane, agog, beside him; the Twins in the perambulator; and Mary Poppins pushing it in the middle of the Park.

"Jumping up and down and shouting! Making a nuisance of yourself.[45] One would think you had done enough for one day. Step along at once, please!"

"Round the world and back in a minute — what a wonderful box!" said Jane.

"It's a *compass*. Not a box. And it's mine," said Michael. "I found it. Give it to me!"

"*My* compass, thank you," said Mary Poppins, as she slipped it into her pocket.

He looked as if he would like to kill her. But he shrugged his shoulders and stalked off taking no notice of anyone.

The burning weight still hung heavily within him. After the adventure with the compass it seemed to grow worse, and towards the evening he grew naughtier and naughtier. He pinched the Twins when Mary Poppins was not look-

---

45 Making a nuisance of yourself. 「悪い子なんだから」

ing, and when they cried he said in a falsely kind voice:

"Why, darlings, what *is* the matter?"

But Mary Poppins was not deceived by it.

"You've got something coming to *you!*[46]" she said significantly. But the burning thing inside him would not let him care. He just shrugged his shoulders and pulled Jane's hair. And after that he went to the supper table and upset his bread-and-milk.

"And that," said Mary Poppins, "is the end. Such deliberate naughtiness I never saw. In all my born days I never did, and that's a fact. Off you go! Straight into bed with you and not another word!" He had never seen her look so terrible.

But still he didn't care.

He went into the Night-nursery and undressed. No, he didn't care. He was bad, and if they didn't look out he'd be worse. He *didn't* care. He hated everybody. If they weren't careful he would run away and join a circus. There! Off went a button. Good — there would be fewer to do up in the morning. And another! All the better[47]. Nothing in all the world could ever make him feel sorry. He would get into bed without brushing his hair or his teeth — certainly without saying his prayers.

He was just about to get into bed and, indeed, had one foot already in it, when he noticed the compass lying on the top of the chest of drawers.

Very slowly he withdrew his foot and tip-toed across the

---

46 You've got something coming to you!「いまにむくいがありますよ」
47 All the better.「ますますいいぞ」

room. He knew now what he would do. He would take the compass and spin it and go round the world. And they'd never find him again. And it would serve them right[48]. Without making a sound he lifted a chair and put it against the chest of drawers. Then he climbed up on it and took the compass in his hand.

He moved it.

"North, South, East, West!" he said very quickly, in case anybody should come in before he got well away.

A noise behind the chair startled him and he turned round guiltily, expecting to see Mary Poppins. But instead, there were four gigantic figures bearing down upon[49] him[50] — the bear with his fangs showing, the Macaw fiercely flapping his wings, the Panda with his fur on end, the Dolphin thrusting out her snout. From all quarters of the room they were rushing upon him, their shadows huge on the ceiling. No longer kind and friendly, they were now full of revenge. Their terrible angry faces loomed nearer. He could feel their hot breath on his face.

"Oh! Oh!" Michael dropped the compass. "Mary Poppins, help me!" he screamed and shut his eyes in terror.

And then something enveloped him. The great creatures and their greater shadows, with a mingled roar or squawk

---

48　it would serve them right.「いい気味だ」
49　bear down upon…「…にのしかかる」
50　A.V. シュワルツが「第三世界の人々が白人の子どもを罰しようと怪物に変わる」と非難した箇所である。やりをもったエスキモー、だんさんの大きなこん棒をもった黒んぼの女、長いまがった剣をもったシナの大官、おのをもったインディアンが、恐ろしい、執念深い顔つきで、マイケルめがけて突進してくるのである（「メアリー・ポピンズと差別問題」p. 50参照）。

of triumph, flung themselves upon him. What was it that held him, soft and warm, in its smothering embrace? The Polar Bear's fur coat? The Macaw's feathers? The Panda's fur he had stroked so gently? The mother Dolphin's flipper? And what was he — or it might be she — planning to do to him? If only he had been good — if only!

"Mary Poppins!" he wailed, as he felt himself carried through the air and set down in something still softer.

"Oh, *dear* Mary Poppins!"

"All right, all right. I'm not deaf, I'm thankful to say — no need to shout,[51]" he heard her saying calmly.

He opened one eye. He could see no sign of the four gigantic figures of the compass. He opened the other eye to make sure. No — not a glint of any of them. He sat up. He looked round the room. There was nothing there.

Then he discovered that the soft thing that was round him was his own blanket, and the soft thing he was lying on was his own bed. And oh, the heavy burning thing that had been inside him all day had melted and disappeared. He felt peaceful and happy, and as if he would like to give everybody he knew a birthday present.

"What — what happened?" he said rather anxiously to Mary Poppins.

"I told you that was my compass, didn't I? Be kind enough not to touch my things, *if* you please,[52]" was all she said as she stooped and picked up the compass and put it in her

---

51 I'm thankful to say — no need to shout.「さけぶにはおよびませんからね」
52 Be kind enough not to touch my things, if you please.「どうか、すみませんが、私のものにさわらないでください」

pocket. Then she began to fold the clothes that he had thrown down on the floor.

"Shall I do it?" he said.

"No, thank you."

He watched her go into the next room, and presently she returned and put something warm into his hands. It was a cup of milk.

Michael sipped it, tasting every drop several times with his tongue, making it last as long as possible so that Mary Poppins should stay beside him.

She stood there without saying a word, watching the milk slowly disappear. He could smell her crackling white apron and the faint flavour of toast that always hung about her so deliciously. But try as he would, he could not make the milk last for ever, and presently, with a sigh of regret, he handed her the empty cup and slipped down into the bed. He had never known it to be so comfortable, he thought. And he thought, too, how warm he was and how happy he felt and how lucky he was to be alive.

"Isn't it a funny thing, Mary Poppins," he said drowsily. "I've been so very naughty and I feel so very good."

"Humph!" said Mary Poppins as she tucked him in and went away to wash up the supper things . . .

Two Pairs Of Shoes
Abu Kassem's Slippers

LSTEN to the story of Abu Kassem, the merchant, who was known throughout Baghdad not only for his riches and his parsimony[1] but also for his slippers which were the outward and visible sign of his miserliness. They were so old, so dirty, so patched and tattered that they were the bane of every cobbler[2] in the city and a byword[3] among the citizens.

Clad in this deplorable footwear and a shabby kaftan[4] Abu Kassem would go shuffling[5] through the bazaar sniffing

---

From *What the Bee Knows* by P. L. Travers
Copyright ©1989 by the Penguin Group 1993
Reprinted in English by permission of David Higham
Associates Limited, London through Tuttle — Mori
Agency., Tokyo

これは始め1976年に雑誌『パラボラ』に掲載された物語であり、「アブ・カセムのスリッパ靴」("Abu Kassem's Slippers")と「アヤーズのサンダル靴」("The Sandals of Ayaz")という中東の古い二つの物語から成り、両物語ともトラヴァースが語り直したものである。「アブ・カセムのスリッパ靴」は、けちん坊で有名なアブ・カセムが、捨てようとしなかったぼろぼろのスリッパ靴のせいで、災難にみまわれる話、「アヤーズのサンダル靴」は初心を忘れないように、貧しい頃の粗末な羊飼いの上着とサンダル靴を宝物としてとっておいた大臣の話で、人間の気持ち、災難と幸運という点で、両者、対を成している。また、妖精物語（昔話）の再話というところに、妖精物語に対するトラヴァースの深い思い入れを見ることができる。彼女の再話の特徴として、中東の物語に対する関心と、これは特徴というより欠点かもしれないが、語り口が妖精物語の再話にしては詳しすぎることが挙げられる。

1 parsimony 「けち」
2 the bane of every cobbler 「靴屋の悩みの種」
3 byword 「物笑いの種」
4 kaftan 「カフタン（西アジアの帯付きのたけ長・長袖の服）」
5 shuffle 「足をひきずって歩く」

around for bargains. One day he happened on a collection of little crystal bottles which, after much haggling[6], he managed to buy quite cheaply. And then, with typical miser's luck[7], he came upon[8], at cut-price, a large supply of attar of roses[9] with which to fill the bottles. The bazaar was agog[10] at this double stroke[11] and Abu Kassem, congratulating himself on his sagacity[12], decided to celebrate the occasion by paying a visit to the public bath.

There, in the dressing room, he met his old friend Hassan who took him to task[13] in the matter of his slippers. 'Look at them, Abu Kassem! Any beggar would throw them away[14]. But thou with all thy stored-up riches dost refuse to part with the dreadful things![15]'

'Waste not, want not,[16]' said Abu Kassem. 'There is still a lot lf wear in them.' And he took off the offending[17] slippers and hurried into the bath.

But Fate had caught him in her grip, as we shall present-

---

6 haggle「値切る」
7 with typical miser's luck「けち特有の運のよさで」
8 he came upon「〜をふと見かけた」
9 attar of roses「バラ香油」
10 agog「大騒ぎして」
11 stroke「腕のさえ」
12 sagacity「たしかな判断力」
13 took him to task「彼を非難した」
14 Any beggar would throw them away「どんな乞食だって捨てるよ」
15 thou with all thy stored-up riches dost refuse to part with the dreadful things!「おまえときたら、ためこんだ財産があるのに、そのひどい靴を捨てるのを拒否するんだから！」thou thy thee thine（you your you yours）の古い形。dost（do の二人称単数現在）古い形。
16 Waste not, want not.「無駄なことをしなければ、生活に困ることはない」
17 offending「いまいましい」

ly see. It so happened that the Cadi[18] of Baghdad had also decided to bathe that day. Abu Kassem finished before him, put on his outer clothes and turban and felt about for his slippers. Where were they? They had disappeared. But in their place was another pair, shiny and bright and new. 'Ah,' said Abu Kassem. 'This is Hassan's work. He has gone out into the marketplace and bought me another pair of slippers.' He drew on the resplendent[19] footwear and went home thoroughly pleased with himself[20].

But what did the Cadi say, I wonder, when his servants, searching the dressing-room for their master's slippers, brought him a tattered pair of objects that everybody recognized as belonging to Abu Kassem? The story is silent on this point.[21] All we know is that he sent immediately for the culprit[22], fined him an enormous sum and restored to him his slippers.

Abu Kassem was sad at heart, as he looked at the ragged objects. To have had to pay so much for so little![23] Well, at least they would give him no more trouble. He would get rid of the wretched things. So, with a gesture of farewell he flung them into the River Tigris. 'That,' he thought, 'is the end of them!' Alas and alack![24] Poor foolish man!

18　cadi「(イスラム教国の通例町や村の) 下級裁判官」
19　resplendent「まばゆい」
20　thoroughly pleased with himself「すっかり喜んで」
21　The story is silent on this point.「裁判官が何といったか、については、物語は何も語りません」
22　the culprit「犯人、罪人」
23　To have had to pay so much for so little!「こんなつまらないものに、こんな大金を払わなければならないなんて！」
24　Alas and alack!「ああ！　かわいそうに」

Little did he know.[25]

A few days later some fishermen discovered in their net two bundles of tattered leather. 'Abu Kassem's slippers!' they said, and angrily hurled the offending footwear through Abu Kassem's window.

Down went the row of crystal bottles and up rose the scent of attar of roses as Abu Kassem's splendid bargains went crashing to the floor.

The miser was beside himself[26]. He swept up the scattered glassy fragments and seized upon his slippers. 'Wretches![27]' he cried. 'This is enough! Ye shall do me no more harm.[28]' Thereupon, he took a shovel, dug a hole in his tulip garden and buried his once-prized possessions[29].

'What can he be doing?' a neighbour asked, as he watched the labouring figure. 'A rich man with so many servants to be digging in his own garden! He must be looking for hidden treasure. I will go and tell the Caliph[30]!'

And since it is a law that hidden treasure belongs to the state, Abu Kassem soon found himself in court, standing before the governor. Where, he was asked, had he put the treasure? And when he protested that there was no treasure, that he had merely been burying a pair of old slippers, the statement was received with laughter and gen-

---

25　Little did he know.「ほとんど何も、彼はしらなかった」
26　beside himself「我を忘れて」
27　Wretches!「いまいましい悪党め」(スリッパ靴のこと)
28　Ye shall do me no more harm.「おまえら、もう俺に悪さはさせないぞ」ye (you) thou の複数形。you shall (話し手の意志) ～させよう。
29　his once-prized possessions「昔はすばらしかった靴」
30　caliph「カリフ (イスラム教国の最高の統治者)」

eral disbelief[31]. The more he protested the more unlikely the story seemed, even to himself. Inevitably, he paid the fine and went home to unearth his slippers.

'The cursed things!' he cried, in despair. ' Shall I never rid myself of them? He decided, then, to take the slippers out of the city, far from the sight of men[32]. This he did. He hied him[33] out into the country, dropped the offenders[34] into a pond and breathed a sigh of relief[35]. At last, he had seen the last of them![36]

But Fate had not finished with Abu Kassem. When he returned he discovered that the pond had been no pond but a reservoir[37], that the slippers had fouled[38] the water pipes, that the workmen had recognized the slippers — how, indeed, could they help it? — and that he himself was to go to jail for stopping the city's water supply. So once again he paid a fine and once again he carried home his old unwanted possessions.

What was to be done? How could he free himself from his slippers and all their devil's tricks[39]? Earth had refused them, so had water. What remained? Fire, of course! He would burn them to ashes. However, at the moment they

---

31 with generel disbelief「だれも信じてくれない」
32 far from the sight of men「全然人目につかない」
33 He hied him「彼は急いだ」
34 the offenders「無礼者（スリッパ靴のこと）」
35 a sigh of relief「安堵のため息」
36 he had seen the last of them!「2度とやつら（スリッパ靴）を見なくてすむのだ！」
37 reservoir「貯水池」
38 foul「詰まらせる」
39 devil's tricks「悪魔の企み」

were still wet, so he put them out on the rooftop to dry. There they lay, bleaching in the sun, till a dog on a nearby rooftop spied them, leapt the intervening space and snatched up the fatal slippers. He tossed them lightly into the air and down they fell to the street below where a woman was passing by. Now, it so happened that this woman was pregnant and the sudden blow on the top of her head quickly brought on a miscarriage[40]. Her indignant husband, seeing from what the blow had come, ran to the judge and demanded payment. So Abu Kassem, now distraught[41], had once more to put his hand in his pocket[42].

But he cried, as he flung the money down and brandished the slippers aloft[43]: 'Lord judge, hear me! Be my witness. These slippers have been the bane of my life. Their tricks have reduced me to penury[44]. Set me free from them, I implore thee! Let the evils that they bring in their train[45] no longer be visited on my head. Of thy mercy, let this be enough![46]'

And the story relates that the Cadi, being a merciful man, heard the miser's plea. But he counselled Abu Kassem, saying 'Hear, O Merchant, the voice of wisdom. Nothing lasts for ever, it says, and when a thing is no longer useful that thing should be relinquished[47].'

40　miscarriage「流産」
41　distraught「気も狂わんばかりの」
42　put his hand in his pocket「進んで金を出す」
43　brandished the slippers aloft「スリッパ靴を高くふりかざした」
44　penury「貧乏」
45　they bring in their train「それが（スリッパ靴）結果としてもたらす」
46　Of thy mercy, let this be enough!「お慈悲ですから、終りにしてください！」
47　relinquish「手放す、捨てる」

The Sandals of Ayaz

Listen now to the story of Ayaz who had risen from a lowly condition[1] to that of Treasurer[2] and trusted friend at the court of the great King Mahmud. From time to time, in the course of his duties, Ayaz would bring his master a tally[3] of all the gold and silver and jewels that were stored in the palace cellars. But of the contents of the modest chamber in the topmost tower he brought no tally at all. Every day he climbed to this little room and remained there for a certain time. And every day as he came out he locked the heavy door securely and kept the key in his pocket. What lay behind that locked door was known to nobody and Ayaz never spoke of it.

Now, it so happened that on a particular occasion the King came into the council chamber carrying a large pearl which he gave to the Vizier[4]. 'Tell me,' he said, 'what this pearl is worth.'

'More than a hundred ass-loads of gold[5],' the Vizier replied.

'Break it!' commanded King Mahmud.

'But how should I break it?' the Vizier cried. 'How could I waste this priceless thing?'

'Well said![6]' exclaimed the King, and presented him with

---

1 **a lowly condition**「低い身分」
2 **Treasurer**「財務大臣」
3 **a tally**「勘定書」
4 **the Vizier**「(イスラム教国の) 高官、大臣」
5 **a hundred ass-loads of gold**「ロバ百頭分の金」
6 **'Well said!'**「よく言った！」

a dress of honour[7].

Then he turned to the palace Chamberlain[8] and handed him the pearl.

'What is this jewel worth?' he asked.

'Half a kingdom, may God preserve it![9]'

'Break it', commanded King Mahmud.

'Alas, such a deed would be a great pity. How could I be an enemy to the treasure house of the King?'

'Well said,' the King exclaimed, and he gave the Chamberlain a robe of honour. And turned to the Minister of Justice[10].

So it went on. Each courtier refused to break the pearl and to each the King gave a costly garment. Unfortunate men! How was it that they could not guess that they were being put to the test?[11]

Last of all came the turn of Ayaz.

'Tell me what this pearl is worth.'

'More,' said Ayaz, 'than I can say.'

'Break it,' commanded King Mahmud.

Now Ayaz had two stones in his sleeve. And without a moment's hesitation he crushed the pearl between the stone and so reduced it to dust.

The courtiers rose up in a clamour[12]. 'Whoever breaks such a radiant thing is an infidel[13]!' they cried.

---

7 presented him with a dress of honour 「彼に特典として服を与えた」
8 the palace Chamberlain 「宮廷大臣」
9 may God preserve it! 「それに神のご加護を！」
10 the Minister of Justice 「法務大臣」
11 How was it that they could not guess that they were being put to the test? 「彼らは自分たちが試されているのを推測できなかったのはどうしたわけでしょう？」
12 in a clamour 「大声で叫びながら」
13 infidel 「不信心者」

'O princes,' Ayaz cried to them. 'What is more precious to your hearts — the pearl or the King's command? He is lacking in the true pearl who puts a stone before the King. When I look for radiance, I turn my gaze to him.'

At that the courtiers bowed their heads, realizing that they had been deflected from the path of truth by the grandeur[14] of a worldly bauble[15]. 'Alas,' they cried, 'our fate is sealed[16].'

'For the sake of a coloured stone,' said the King, 'my command has been held contemptible.' And he made a sign to the Executioner.

But Ayaz, full of boundless love, prostrated himself before the throne. 'O thou from whom comes every fortune, grant them, as a boon[17], their lives and do not banish them from thy presence. He who ignores thy least command, what should teach him except thy pardon?'

The King heard the words of his faithful servant and for love of him reprieved the rest.

The courtiers breathed a sigh of relief. They had been given back their lives. But as the fox is to the lion, so were they to Ayaz.[18]

Before long they were plotting against him, whispering scandal to each other.

'What has he hidden in the uppermost chamber, of which

---

14 grandeur「華麗さ」
15 bauble「安ぴか物」
16 our fate is sealed.「我々の運命は決まった」
17 as a boon「願い事として」
18 as the fox is to the lion, so were they to Ayaz.「キツネがライオンに対するように、彼らはアヤーズに対した」

he keeps the key? Is he not Treasurer to the King? Of a truth, he has hoarded[19] gold and silver and is keeping a secret store for himself. It is right that we tell the King.'

So they did that. And the King wondered. 'What has my servant concealed from me?'

And he gave orders to a certain Amir saying, 'Go at midnight and force the door and whatever you find is yours.'

Now, the King had no evil thoughts of Ayaz. He was putting the courtiers on trial. Nevertheless, his heart misgave him, lest the charge be true and his servant shamed.[20]

'He has not done this thing,' he mused. 'And if he has it is rightly done. Let Ayaz have whatever he will for he is my beloved. I need a mouth as broad as heaven to describe the qualities of one who is envied by the angels.'

Thus he thought within himself while the courtiers went to work. They struck at the door of the uppermost chamber and broke the iron lock. Then they swarmed in, jostling each other, greedily seeking the hidden treasure.

They looked to the right. They looked to the left. Up and down and round they looked. But the little uppermost room was empty, except for a dusty sheepskin jacket and a pair of tattered sandals.

'Bring picks and shovels!' the courtiers cried. Thereupon they began to dig, making holes in the walls and floor. And the very holes cried out against them: 'Behold, O men, we are empty.'

---

19 hoard「秘蔵する」
20 Nevertheless, 〜 and his servant shamed.「それでもやはり、王は、その告発が真実で面目をつぶされるのではないかと、アヤーズが心配でならなかった」

The fact, indeed, could not be denied. No treasure lay in the uppermost chamber and the courtiers returned to the King, palefaced and ashamed.

'Are you heavy-laden[21]?' the King asked, slyly. 'Show me the hoarded gold and jewels and the treasure my faithful friend has stolen.'

'O, King of the world,' they cried. 'Forgive! We have nothing but a sheepskin jacket and a pair of sandal shoon[22].'

'Nay,' said the King. 'I deal not with punishment or forgiveness. That right belongs to Ayaz.'

'O king,' said Ayaz, 'the command is thine. When the sun is here the star is naughted. Let it be remembered on their behalf[23] that if I had neglected jacket and shoon, I should not have sown the seeds of envy.'

'I shall note it,' answered King Mahmud. 'But, O Ayaz, tell me this. Why these marks of affection to a rusric shoe? Thou hast mingled so much of thy soul's love with two old articles of dress, and kept them both in a chamber. Why in the presence of these things doest thou show so much humility?'

'It is fit that I do so,' said Ayaz. 'I was low on the earth and thou lifted me up. From my tent thou hast brought me to marble halls. I know that all this eminence[24] is but a gift of thine, otherwise I am nothing but this sheepskin jacket and this pair of sandal shoon. The Prophet himself

---

21　heavy-laden「困りはてた」
22　shoon　　shoe の複数形
23　on their behalf「彼らのために」
24　eminence「高い身分」

hath[25] propounded[26] this matter when he said "He who knows himself, knows God.[27]" The seed from which I came is my shoon, my blood is the sheepskin jacket. I therefore commune with[28] my beginnings. "Do not regard thy present greatness," the sheepskin jacket tells me. "Remember, Ayaz!" say the sandal shoon. So I keep them, O Master, to remind me. That is all my secret.'

25　hath　haveの古い形、三人称単数直接法現在形
26　propound「(問題を) 提出する」
27　He who knows himself, knows God.「己を知る者は、神を知る」
28　commune with「(親しく) 語り合う、心を通わせる」

On Not Writing for Children

Paper presented at the Amriswil Congress of IBBY, September 25th to 29th, 1968.

Ladies and Gentlemen,
When you did me the honour of asking me to address you,[1] I suggested that the subject should be On *Not Writing for Children.* This was accepted and then I found, on reading the programme, that this title, in the process of translation, had shifted a little from my original meaning. As it now stands[2] it suggests that there exists some particular reason for the fact that I don't write for children — or so it seems to me — and that I am proposing to disclose it. But I am not, for the very good reason that I cannot.[3] One of the most annoying[4] aspects of a character in a book

■-■-■----------------■-■-■----------------------■-■-■

From *On NotWriting for Children* by P. L. Travers
Copyright ⓒ1968 by IBBY paper Bookbird vol. Ⅳ No.4, 1968
Reprinted in English by permission of David Higham Associates Limited, London through Tuttle — Mori Agency., Tokyo

このエッセイはトラヴァースが、1968年9月25日から29日までスイスのアムリスヴィルで開かれたInternational Board on Books for Young People (IBBY) 第11回大会で行った講演で、機関紙 *Bookbird* (『ブックバード』)、Vol.Ⅳ, No.4, 1968に掲載されている。トラヴァースの子どもの本に対する考え方、書く姿勢を伺うことができる。

1 When you did me the honour of asking me to address you，「光栄にも皆様に講演する機会を与えられて」
2 As it now stands 「現状では」
3 But I am not, for the very good reason that I cannot. 「でも、私はそれを明らかにするつもりはありません。というのは、私には十分な理由があってそうできないのです。
4 annoying「やっかいな」

of mine is that she never explains[5]. There is a Chinese ideogram[6] called "Pai" that has, I am told, two different meanings, depending on the context. One is "Explain" and the other "In vain[7]". How could I add anything to that?

And yet I feel bound to clarify[8], if I can, this feeling I have that nobody writes for children[9], in order that it should not be thought that the whole idea is a villainous scheme for putting a bomb under[10] this congress[11], for which I have so much respect and which has done so much for the children.

Not long ago, an American who is writing a book on childrens' books — or a book on a book on childrens' books! — asked me for my "general ideas on literature for children, my aims and purposes and who led me to the field". Well, this flummoxed me, for in writing I have never intended or invented and I did not set out with aims and purposes.[12] It simply *was* like that.[13] Furthermore, I told him that I was not at all sure that I *was* in the field, even though some children are kind enough to read what I wrote. Indeed,

---

5　she never explains「彼女は不思議な出来事について、決して説明しません（she はメアリー・ポピンズのこと）」
6　Chinese ideogram「表意文字」
7　in vain「むだな」
8　I feel bound to clarify「明らかにさせなければならないと感じます」
9　this feeling I have that nobody writes for children「誰も子どものために書くのではない、という私が抱いているこの気持ち」
10　put a bomb under「〜をせかす」
11　it should not be thought that the whole idea 〜 under this congress「私の考え全体が、この大会の人々をあせらせる悪質な計画だと思われてはいけない」
12　I did not set out with aims and purposes.「意図や目的をもって出発はしていません」
13　It simply was like that.「ただ、そうなっていたのです」

it is a strong belief of mine that I don't write for children at all, the idea simply doesn't enter my head.[14] I am bound to assume that[15] there is such a field but I wonder if it is a valid one, whether it has been created not so much by writers as by publishers and booksellers.[16] I am always astonished when I see books labelled for from 5 to 7 or from 10 to 15 because who is to know what child will be moved by what book and at what age?

Nothing I had written before *Mary Poppins* had anything to do with children and I assumed, if I thought about it at all, that she had come up out of the same well of nothingness as the poetry, myths and legends that absorbed me all my writing life.[17] If I had been told while I was working on the book that I was doing it for children I think I would have been terrified. How would I have dared to attempt such a thing? For, if for children, the question inevitably arises "For what children?" That word is a very large umbrella; it covers, as with grown-ups, every kind of being that exists. Was I writing for Japanese children, telling a race of people who have no staircases in their houses[18]

14　the idea simply doesn't enter my head. 「（子どものために書く）という考えは全く私の頭の中にはないのです」

15　I am bound to assume that ～ 「……と考えざるをえません」

16　I wonder if it is a valid one, ～ and booksellers. 「それが正当な根拠のあるものかどうか、作家よりもむしろ出版社や本屋さんによって作りだされてきたものではないかと思われます」

17　she had come up ～ that absorbed me all my writing life. 「メアリー・ポピンズは、私の執筆生活を通じて私が没頭している詩や神話や伝説と、同じ無の泉から生まれてきたものです」トラヴァースのこの考えは他のエッセイのなかにも見られる。

18　Japanese children, ～ in their houses　トラヴァースは日本の家には階段がないと思っていたようである。

about somebody who slid up one? The children in Africa, who read it in Swahili, and who have never even seen an umbrella, far less used one? Or, to come to those nearer my comprehension[19], was I writing for the boy who wrote to me with such noble anger when he came to the end of the book — "Madam, you have sent Mary Poppins away. I will never forgive you. You have made the children cry." What a picture — the weeping children, and I, all unintentionally, apparently responsible.[20]

Or was I writing for the children in Trinidad, a group of whom asked me to talk to them in the library at Port of Spain. But it was they who did the talking, telling me more about the book than I could ever have known. The smallest child, however, — a little dark-plum-coloured[21] boy — was silent. Had he read the book, I asked. Yes. What was it he liked about Mary Poppins? He shook his head. "Ah doesn't like her", he said. This immediately charmed me. Praise is something you feel you should not trust, but blame — ah, that is where you learn your lessons. No? I asked, with interest. And suddenly the solemn face broke — like a cracked melon — into a huge smile. His eyes shone with his secret joke. "Ah doesn't like her"[22]. Well, what a dec-

---

19 to come to those nearer my comprehension 「もっと私の理解に近い子どもたちのところへきて」
20 What a picture — the weeping ~ apparently responsible. 「なんという光景でしょう——泣いている子どもたちと私、そんなつもりは全くなかったのに、でも明らかに私に責任があるのです」
21 dark-plum-coloured 「濃い干しぶどう色」
22 "Ah doesn't like her" 「『おいら、メアリー・ポピンズを好きなんじゃない』」

laration. Was I writing, could I even dream of writing for creatures who understood so much and in particular for this one child, hardly more than six years old, who already knew and could strictly evaluate the shades of feeling between liking and loving[23]? Surely it was they who should be writing for me!

If I go back to my own childhood — no, not back, but if I, as it were, turn sideways and consult it — I am once again confronted with the question of who writes for children and how is it done? We had very few books in our family nursery, all the Potters[24], and the Alices[25] which I loved then and still love, for there is nothing in them that I have left behind or rejected as belonging specifically to childhood. And on my father's shelves there were rows of Dickens[26] and Scott[27] which I inched my way through simply because they were something to read. There was also Struwwel Perer[28] who is now like the Grimms[29] thought to be cruel. But he did not frighten me. My parents, I knew, would never let me be drowned in ink or my thumb cut off by a great long red-legged scissor man. It is a question

---

23 the shades of feeling between liking and loving「好きと惚れるとのごくわずかの気持ちの違い」
24 the Potters「ポッターの作品」ベアトリクス・ポッターの『ピーターラビットのおはなし』をはじめとする動物物語絵本。
25 the Alices「アリスもの」『ふしぎの国のアリス』と『鏡の国のアリス』。
26 Dickens　チャールズ・ディケンズ。
27 Scott　ウォルター・スコット。
28 Struwwel Peter「『もじゃもじゃペーター』」1847年にドイツで出版されたハインリッヒ・ホフマンの絵本。
29 the Grimms「グリム童話」

worth asking why we grown-ups have all become so timid. But far superior to all these was an old book called *Twelve Deathbed Scenes*[30]. I knew it by heart, each death being more lugubrious and more edifying than the last[31]. I used to long to die — on condition, of course, that I came alive the next minute — to see if I too could pass away with equal misery and grandeur. I wonder about the author of that book. Nobody during his lifetime could have told him that he was a writer for children. Yet, in a certain sense, he was, since one loving reader of seven years old was keeping his memory green[32].

It was the same with my mother's novels. Every afternoon when she fell asleep, I would slip in, avidly read for half an hour and sneak away just as she was waking. Those books fascinated me, not because they were so dull. They dealt exclusively with one subject[33], which seemed to be a kind of love. But love to me was what the sea is to a fish[34], something you swim in while you are going about the important affairs of life. The characters were all stationary figures, like wax works; they never did anything, never went anywhere, never played games as far as I could see, no teeth were ever brushed, no one was reminded to wash

---

30　Twelve Deathbed Scenes 「『死の床の12場面』」
31　each death being more lugubrious and more edifying than the last 「一つ一つの死が前に描かれた死よりもっと悲しげでもっと心を高めてくれました」
32　keeping his memory green 「彼のことを生き生きと思い出していた」
33　They dealt exclusively with one subject 「全く一つの主題だけを扱っていました」
34　love to me was what the sea is to a fish 「私にとって愛は、海が魚にとって大事なのと同じくらい大事でした」

their hands and if they ever went to bed, it was never explicitly stated. I looked forward to those stolen half hours as, I suppose, a drunkard does to a drinking bout. It was not so much pleasure as a kind of enthrallment. I was ensnared, as a snake is by a snake-charmer, by such a distorted view of life[35]. But what of the authors? Did they, as they poured out their hearts with so much zest, see themselves as writers for children? Surely not. Yet for one child — they were!

Who, then, writes for children? One can, of course, point to the dedication pages as proof positive that somebody does[36]. But I wonder if these names are not smoke screens. A dedication, after all, is not a starting point but rather a last grand flourish[37], to people like Beatrix Potter's Noel[38] and Dr. Dolittle's children[39]. But you do not really write a book for this or that person, you offer it to him afterwards. Nothing will persuade me, in spite of all the printed protestations, that Lewis Carroll[40] wrote his books for Alice, or, indeed, for any child. She was the occasion but not the cause of his long, involved, many-levelled confabulation with

---

35　**such a distorted view of life**「そのような人生のゆがんだ見方」
36　**as proof positive that somebody does.**「誰かが子どものために書いているという確証として」
37　**a last grand flourish**「最後のもったいぶった文飾」
38　**Beatrix Potter's Noel**「ベアトリクス・ポッターにおけるノエル」『ピーターラビット』はポッターが家庭教師の子どものノエルに書き送った絵手紙が元になって生まれたと言われている。
39　**Dr. Dolittle's children**「ドリトル先生における子どもたち」ヒュー・ロフティング作の「ドリトル先生」シリーズ12巻は、ロフティングが戦場から子ども達に書き送った手紙が元になって生まれたと言われている。
40　**Lewis Carroll**　ルイス・キャロル、『ふしぎの国のアリス』の作者。

the inner world of Charles Lutwidge Dodgson[41,42]. Of course, when it was all over, when he had safely committed it to paper, he could afford a benignant smile and the assurance that it had been done for children. But do you really believe that?

It is also possible that these dedicatory names may be a form of unconscious appeasement[43] — perhaps, even, of self-protection. A writer can excuse himself to society for having invented the Pushmi-Pullyu[44], an animal with a head at both ends, by saying with an off-hand laugh[45], "After all, its for children". And if a man happens to find himself in the company of a white rabbit wearing a watch[46], scurrying down a dark tunnel and afraid of being late for the party, he does well to clap a child's name on the book. He may thus get off lightly.[47]

But in the long run truth will come out, as it did when Beatrix Potter declared "I write to please myself!" — a statement as grand and absolute, in its own way[48], as Galileo's "Nevertheless, it moves". There is, if you notice a special flavour, a smack of inner self-delight, about the things peo-

41　his long, involved 〜 of Charles Lutwidge Dodgson「チャールズ・ラトウィッジ・ドジソンの内面世界との長い、込み入った、様々な段階をもつ、おしゃべり」
42　Charles Lutwidge Dodgson　ルイス・キャロルの本名で、オックスフォード大学の数学の教授。
43　unconscious appeasement「無意識の譲歩」
44　the Pushmi-Pullyu「プシュミプルユー（オシツオサレツ）」『ドリトル先生アフリカゆき』に書かれている前と後ろに頭のある動物。
45　with an off-hand laugh「むぞうさに笑って」
46　a white rabbit wearing a watch「懐中時計を身につけた白ウサギ」『ふしぎの国のアリス』に登場するウサギ。
47　He may thus get off lightly.「そうして彼は気軽にその場から立ち去ることができるのです」
48　in its own way「それなりに」

ple write to please themselves, those books not written for children that children purloin and make their own.[49]

For a long time I thought that this declaration, backed up by C.S. Lewis'[50] statement that a book that is written solely for children is by definition a bad book — were the last words on the subject. But the more I brooded the more I saw, as far as I was concerned, neither of these comments was the complete answer. And then, by chance, I turned on the television one evening and found Maurice Sendak[51] being interviewed about his book *Where the Wild Things Are*. All the usual irrelevant questions were being flung at him — do you like children, have you children of your own? And I heard to my astonishment my own voice, calling in the empty room. "You have been a child. Tell them that!" And his screen image, after a short pause, said simply "I have been a child!" It wasn't magic, he couldn't have heard me, but we had both, at a single moment, come to the same point.

Now, I don't at all mean by this that the people who write — how shall I put it? — the books that children read, are doing it for the child they were. Nothing so nostalgic, nothing so self-indulgent, nothing so indirect. But isn't there, here, a kind of clue? To be aware of having been a child

---

49 There is, if you notice ~ that children purloin and make their own. 「人々が自分の楽しみのために書くものには、特別な持ち味、内面的な歓喜の味わいがあることに、気がつくでしょう。そういう子どものために書かれたのではない本を、子ども達は盗みとり、自分達のものにするのです」
50 C.S. Lewis　C.S.ルイス、「ナルニア国ものがたり」全7巻の作者。
51 Maurice Sendak　モーリス・センダック、アメリカの絵本作家、イラストレーター、『かいじゅうたちのいるところ』などの作品がある。

— and who am I but the child I was, wounded, scarred and dirtied, but still that child — to be aware of and in touch with this fact is to have the whole long body of one's life at one's disposal, complete and unfragmented[52]. You do not chop off a little bit of your imagination and make a book specially for children, for, indeed, you have no idea, really, where childhood ceases and maturity beings. It is all endless and all one. And from time to time, without intention or invention, this whole body of stuff, each part constantly cross-fertilising every other, sends up — how shall I put it? — intimations.[53] And the best you can do, if you are lucky, is to be there to jot them down. This being there is important, otherwise they are lost. Your role is that of the, if I may so put it, necessary lunatic who remains attentive but at the same time unconcerned, all disbelief suspended — even when frogs turn into princes[54], and nursemaids, against all gravity, slide up the bannisters[55]. Indeed, on a certain level not immediately accessible, but one which grown-ups deride at their peril[56], the frog is to children in

52　**To be aware of having been a child ~ complete and unfragmented.**「自分がかっては子どもであったということを知ること——今の自分は子どもだった自分の延長なのです。害され、傷つけられ、汚されてはいても、いまだそのときの子どもでもあるのです——この事実を知り、この事実に触れることが、長い人生をばらばらにしないで、一つの完全なものにすることができるのです」
53　**And from time to time, ~ send up intimations.**「そして時々、意図や考案はなしで、各部分が絶えず相互に豊かにしあっている素材の総体の人生が、信号を送ってくるのです」
54　**frogs turn into princes**「カエルが王子に姿をかえる」グリム童話の「かえるの王さま」
55　**nursemaids, against all gravity, slide up the bannisters**「ナースメイドが重力に反して、階段の手すりを滑りのぼる」『風にのってきたメアリー・ポピンズ』の一場面。
56　**at their peril**「危険を覚悟で」

fact a lawful prince and the transcending of the laws of gravity — as when one rides up the glass mountain[57] — is the proper task of the hero. These matters, I submit, have nothing to do with the label "From 5 to 7". They have nothing to do with age at all, or rather they refer to all ages. Nor have they anything to do with that other label, known as Literature for Children, which suggests that this is something different from literature in general, something that pens off child and author from the main stream of writing. This seems to me hard both on children and literature. For if it is literature at all, it can't help being all one river and you put into it, according to age, a small foot or a large one.[58] When mine was a small foot I was always grateful to those books that did not speak to my childishness. Grimm's Fairy Tales, for instance — books that treated me with respect, spread out the story just as it was and left me to deal with it as I could. Remembering this, could I speak to a child by way of his childishness?

Not long ago a German woman journalist came to see me and told me how she had read Mary Poppins to her child very quietly so as not to disturb the father who was working in the same room. And night after night, with increasing irascibility, he protested that he was not being disturbed and begged her not to mumble. And on the Friday,

---

57 **one rides up the glass mountain**「ガラスの山を馬でかけのぼる」アンドルー・ラングの『みどりいろの童話集』のなかの「カーグラスの城」。
58 **if it is literature at all,〜 a small foot or a large one.**「児童文学がいやしくも文学なら、それは全く一つの川にほかならないのです。そして人は年齢に応じて、小さな足か大きな足をその流れに浸すのです」

when he was going away for the weekend, he took the child aside and said "Listen carefully and when I come back you can tell me all that has happened." I have a feeling of affection for that father for I think he would understand my feeling that books should be not solely but *also* for children.

And I hope you will not think me entirely frivolous when I suggest that the far-off land in *Rumpelstiltskin*[59] where the fox and the hare say goodnight to each other is for everybody, large and small; and that it is not only children who tread softly but certain lunatic grown-ups, too, who go about on tip-toe so as not to waken the Sleeping Beauty[60].

---

59 **Rumpelstiltskin**　グリム童話の「ルンペルシュティルツキン」の小人。
60 **Sleeping Beauty**「眠り姫」グリム童話。

年表・参考文献

P.L. Travers

西暦年	年齢	事　　項
1899	0	8月9日オーストラリアのクウィーンズランド州に誕生。
1907	8	父トラヴァース・ロバート・ゴフ死亡。 母と2人の妹と共に、ニューサウスウェールズ州の大叔母クリスチナ・サラセットのもとに引越す。
1922	23	舞台女優。
1923	24	『トライアド』誌のコラム「反撃しますわよ」を担当。 『クライストチャーチ・サン』紙のコラム「パメラの足跡：サン紙シドニー便り」を担当。
1924	25	イギリスに移住。
1925～26		ＡＥ（ジョージ・ラッセル）との出会い。その後、ＡＥやＷ.Ｂ.イェイツと交流。『アイリッシュ・ステイツマン』に詩を寄稿。
1928	29	母マーガレット・ゴフ死亡。
1929～30		『アイリッシュ・ステイツマン』に手紙とエッセイを寄稿。
1933	34	A.R.オレイジに紹介される。 『ニュー・イングリッシュ・ウィークリー』に詩と書評を寄稿し始める。 『ニュー・イングリッシュ・ウィークリー』の劇の批評家となる。
1934	35	『風にのってきたメアリー・ポピンズ』と『モスクワ紀行』を出版。ＡＥ死亡。
1935	36	『帰ってきたメアリー・ポピンズ』を出版。
1936	37	G.I.グルジェフの神知論の集会にジェシー・オレイジと参加する。
1939	40	カミルスを養子にする。
1940	41	アメリカに疎開。 『末ながく幸福に』を出版。
1941	42	『サス叔母さん』と『海の旅、空の旅』を出版。
1942	43	ニューヨークでOWIの活動に参加して、ラジオで妖精物語を読む。
1943	44	『アー・ウォン』と『とびらをあけるメアリー・ポピンズ』を出版。
1944	45	『ジョニー・デラニー』を出版。
1945	46	イギリスに帰国。 『ニュー・イングリッシュ・ウィークリー』の仕事を続ける。
1952	53	『公園のメアリー・ポピンズ』を出版。

西暦年	年齢	事　項
1959	60	ウォルト・ディズニー社から『メアリー・ポピンズ』の映画化の申し出。
1962	63	『メアリー・ポピンズ　AからZ』を出版。
1963	64	『飼葉桶の前のキツネ』を出版。 ウォルト・ディズニーの映画『メアリー・ポピンズ』の顧問となる。
1964	65	映画『メアリー・ポピンズ』が上映される。
1965	66	マサチューセッツ州ケンブリッジのラドクリフ大学の構内居住作家となり、講義、作家活動を行う。
1966	67	マサチューセッツ州ノーザンプトンのスミス大学で構内居住作家となる。
1967	68	「ただ結びつけることさえすれば」の講演を行う。
1968	69	『メアリー・ポピンズ　AからZ』のラテン語版出版。
1969	70	『メアリー・ポピンズのぬり絵絵本』を出版。
1970	71	カリフォルニア州クラルモンのスクリップス大学でクラーク基金の講師となる。「英雄を探して」の講演を行う。
1971	72	『フレンド・モンキー』を出版。
1973	74	『ジョージ・イワノヴッチ・グルジェフ』を出版。
1975	76	『眠り姫について』と『メアリー・ポピンズのお料理教室 ― おはなしつき料理の本』を出版。
1976	77	『パラボラ』の編集顧問及び定期寄稿者となる。
1977	78	勲章OBE（大英帝国四等勲位）を授与。
1978	79	ペンシルベニア州ピッツバーグのカサム大学から名誉博士号を授与。
1980	81	『ふたつの靴』を出版。
1981	82	『風にのってきたメアリー・ポピンズ』の改訂版を出版。
1982	83	『さくら通りのメアリー・ポピンズ』を出版。
1988	89	『メアリー・ポピンズとおとなりさん』を出版。
1989	90	『ハチの知ること ― 神話・シンボル・物語論』を出版。
1996	96	4月23日ロンドンの自宅で死亡。

【1】作品

①物語

Mary Poppins, illustrated by Mary Shepard. London, Howe, and New York, Reynal& Hitchcock, 1934;revised edition, New York, Harcourt Brace Jovanovich, 1981.（林容吉訳『風にのってきたメアリー・ポピンズ』岩波書店 1954）

Mary Poppins Comes Back, illustrated by Mary Shepard. London, Dickson and Thompson, and New York, Harcourt, Brace, 1935.（林容吉訳『帰ってきたメアリー・ポピンズ』岩波書店 1963）

Happy Ever After, illustrated by Mary Shepard. New York, Reynal & Hitchcock 1940

Aunt Suss, New York, Reyal & Hitchcock, 1941.

I Go by Sea, I Go by Land, illustrated by Gertrude Hermes. New York, W.W. Norton, 1941.

Ah Wong, New York, High Grade Press, 1943.

Mary Poppins Opens the Door, illustrated by Mary Shepard and Agnes Sims New York, Reynal, 1943; London, Davies, 1944.（林容吉訳『とびらをあけるメアリー・ポピンズ』岩波書店 1964）

Johnny Delaney, New York, High Grade Press, 1944.

Mary Poppins in the Park, illustrated by Mary Shepard. London, Davies, and New York, Harcourt, Brace & World, 1952.（林容吉訳『公園のメアリー・ポピンズ』岩波書店 1965）

The Fox at the Manger, Wood engravings by Thomas Bewick. New York, Harcourt Brace, 1962; London, Collins, 1963.

Mary Poppins from A to Z, illustrated by Mary Shepard. New York, Harcourt Brace, 1962; London, Collins, 1963.（荒このみ訳『メアリー・ポピンズ AからZ』篠崎書林 1984）

Maria Poppina ab A ad Z, Picturas delineavit Mary Shepard.Latine redidit G. M. Lyne. New York, Harcourt Brace & World, 1968.

Friend Monkey, illustrated by Charles Keeping. New York, Harcourt Brace, 1971; London, Collins, 1972.

Mary Poppins in Cherry Tree Lane, illustrated by Mary Shepard. London, Collins, 1982.（荒このみ訳『さくら通りのメアリー・ポピンズ』篠崎書林 1983）

Mary Poppins and the House Next Door, illustrated by Mary Shepard. NewYork, Delacorte Press, 1988.（荒このみ訳『メアリー・ポピンズとおとなりさん』篠崎書林 1989）

②詩、再話、エッセイ等

Moscow Excursion, London, Gerald Howe, 1934.

Mary Poppins Story for Coloring, illustrated by Mary Shepard. New York, Harcourt Brace Jovanovich, 1969.

About the Sleeping Beauty, illustrated by Charles Keeping. New York, McGraw-Hill, 1975;London, Collins, 1977.

Mary Poppins in the Kitchen: A Cookery Book with a Story, with Maurice Moore-Betty, illustrated by Mary Shepard. New York, Harcourt Brace, 1975; London, Collins, 1977.（鈴木佐知子訳『メアリー・ポピンズのお料理教室』文化出版局 1977）

Two Pairs of Shoes, illustrated by Leo and Diane Dillon. New York, Viking Press, 1980.

What the Bee Knows; Reflections on Myth, Symbol and Story. Wellingborough, Northamptonshire, Aquarian Press, 1989.

In the *Triad:* "Mother Song," March 1922; "Surrender," 10 November 1923; "On a Circle of Trees in the Christchurch Gardens," 10 November 1923; "Story for Children Big and Small," December 1924;

In the *Bulletin*: "Keening," 20 March 1923; "Raggedy-Taggedy Gipsy Man" June 1923; "The Nurse's Lullaby," 5 July 1923; "Song Before a Journey," September 1923;

In the Christchurch *Sun:* 'The Story of a Pan-like Creature,' 8 March 1926; "The Strange Story of the Dancing Cow," 20 March 1926; "Mary Poppins and the Match Man," 13 November 1926; 'Pamera Publishes – a Newspaper!' December 1926;

In the *Irish Statesman:* "The Italian Pictures," 25 January 1930, 412-13; "The Other Side of the Penny," 15 February 1930, 475-77; "A Brand for the Critic," 12 April 1930, 107-8

In the New English Weekly: "Noel, " 21 December 1933; "Zodiac Circus," 11 January 1934, 298; "In Time Of Trouble," 25 January 1934, 355; "'Sarah Simple' and 'The Good Fairy,'" 27 May 1937, 134-35; "Micky Mouse," 3 February 1938, 333-34; "Picnic in the Snow," 24 March 1938, 473-75; "Snow-White," 21 April 1938, 32-33; "Time to Get Up!," 3 November 1938, 56; "Our Village," 26 October 1939, 29-30; "Caterwauling," 14 December 1939, 135-36; "Our Village Ⅱ," 11 January 1940, 178-79; "Carried on to the Angel," 13 June 1940, 96-97; "Our Village Ⅲ," 15 August 1940, 197-98; "Letters From Another World Ⅱ," 26 December 1940, 109; " Letters From Another World Ⅱ," 2 January 1941, 125-26; " Letters From Another World Ⅲ," 20 March 1941, 253-54; "Letters From Another World Ⅶ," 22 December 1941; "Notes on a Homecoming," 27 September 1945, 177-79; "The Hidden Child," 10 April 1947, 225-27; "Children's Books," 2 December 1948, 94-95; "Grimm's," 9 December 1948, 103-4; "The Heiress," 3 March 1949, 249; "Puppets," 9 June 1949, 105-6

"The Heroes of Childhood; A Note on Nannies." *Horn Book* 11 (May-June 1935) :147-55

"Autobiographical Sketch " in *TheJunior Book of Authors*, edited by S.J. Kunitz and H. Haycraft. New York, H.W.Wilson, 1951.

"Who is Mary Poppins?, " *Junior Bookshelf*, 18 (1954) : 45-50

"A Radical Innocence." *New York Times Book Review*, 9 May 1965. 1: 38-39

"Grimm's Women." *New York Times Book Review*, 16 November 1965, 45.

"Only Connect. " *in Only Connect; Reading on Children's Literature*, edited by S. Egoff, G. T. Stubbs, L.F.Ashley. Tronto, Oxford University Press 1969. (猪熊葉子、清水真砂子、渡辺茂男訳『オンリー・コネクトⅡ』岩波書店　1979)

"In Search of the Hero;The Continuing Relevance of Myth and Fairy Tale," *Scripps College Bulletin* 44, no. 3 (March 1970), unpaginated.

"On Not Writing for Children." *Children's Literature*, 4 (1975) :15-22. (林　容吉訳「子どものための本」『図書』1970. 2. pp. 36-43)

"The Death of AE: Irish Hero and Mystic." in *The Celtic Consciousness*, edited by Robert O'Driscoll. New York, Braziller, 1982.

"A Letter from the Author." *Children's Literature*, 10 (1982) : 214-17.

In Parabola: The Magazine of Myth and Tradition: "*The World of the Hero,*" 1.1（1976）: 42-47; "Two Pairs of Shoes," 1. 3（1976）:112-14; "The Youngest Brother," 4. 1（1979）:38-43; "What the Bees Know," 6. 1（1981）:42-50; "*Where will all the stories go?*"（1982）; "Name and No Na me," 7. 3（1982）:42-46; "Miss Quigley," 9. 2（1984）:73-75; "The Garment," 10. 4（1985）:24-27; "*Lively Oracles,*" 11. 4（1986）: 32-35; "Zen Moments," 12.4（1987）:18-20

【2】研究

安藤美紀夫『世界児童文学ノートⅡ』偕成社　1976

飯田美帆「Mary Poppinsシリーズの再評価――生きることの素晴らしさを語り伝える魔法――」梅花児童文学　第13号　2005年6月

猪熊葉子、神宮輝夫『イギリス児童文学の作家たち』研究社　1975

河崎良二「えっさかほいさ、牝牛が月を跳び越えた――『メアリー・ポピンズ』の不思議な世界――」帝塚山学院大学紀要　2001

近藤麻紀「P.L.トラヴァース、『メアリー・ポピンズ』――フィクションを通してみる作者の思想――」川村英文学　vol.6, 2001

定松正編『イギリス　アメリカ児童文学ガイド』　荒地出版　2003

清水真砂子「『『メアリー・ポピンズ』のファンタジーについて」『日本児童文学』1966年11月号, 盛光社

瀬田貞二、猪熊葉子、神宮輝夫『英米児童文学史』研究社　1971

高杉一郎編著『英米児童文学』中教出版　1977

谷本誠剛『児童文学キーワード』中教出版　1987

本多英明、桂宥子、小峰和子編著『たのしく読める英米児童文学』ミネルヴァ書房　2000

吉田新一編著『ジャンル・テーマ別　英米児童文学』中教出版　1987

山口公和「『メアリイ・ポピンズ』邦訳小史パメラ・リンド・トラヴァース生誕百年紀年」不思議の國新聞社　1999

山末やすえ「メアリー・ポピンズ、あなたは何者？」ファンタジー研究会編『魔法のファンタジー』てらいんく　2003

吉田新一編著『ジャンル・テーマ別　英米児童文学』中教出版　1987

吉田新一「P.L.トラヴァースのほかの作品『友だちモンキー』」『月刊 MOE』（特集　メアリー・ポピンズ　1991年3月号）　MOE出版

アト・ド・フリース著・山下主一郎主幹、荒このみ他訳『イメージシンボル事典』大修館書店　1984

渡辺茂編著『マザー・グース事典』北星堂書店　1986

渡辺茂編注『マザー・グース童謡集』北星堂書店　1978

Arbuthnot, May Hill. *Children and Books*. Chicago, Atlanta, Dallas, New York: Scott, Foresman and Company, 1947

Bergsten,Staffan. *Mary Poppins and Myth*. Stockholm:Almquist & Wiksell, 1978

Cameron, Eleanor. *The Green and Burning Tree; On the Writing and Enjoyment of Children's Books*. Boston: Little, Brown and Company, 1962

Carpenter, Humphrey and Mari Prichard. *The Oxford Companion to Children's Literature*. New York: Oxford University Press. 1984. (神宮輝夫監訳『オックスフォード世界児童文学百科』原書房 1999)

Chevalier, Tracyed. *Twentieth-Century Children's Writers*. Chicago, London: St.James Press, 1978

Commire, Ann. ed. *Something About the Author*. Vol.4, Vol.54. Detroit: Gale Re-search, 1973, 1989

Cott, Jonathan. *Pipers at the Gates of Dawn; The Wisdom of Children's Literature*. New York: Random House, 1981, 1983. (鈴木晶訳『子どもの本の8人 夜明けの笛吹きたち』晶文社 1988)

Demers, Patricia. *P.L.Travers*. Boston: Twayne Publishers, 1991

Draper, Ellen Dooling and Koralek, Jenny, ed. *A Lively Oracle; A Centennial Celebration of P.L.Travers, Creator of Mary Poppins*. New York: Larson Publications, 1999

Egoff, Sheila A.. *World Within;Children's Fantasy from the Middle Ages to Today*. Chicago and London: American Library Association, 1988. (酒井邦秀、鶴田公江、南部英子、西村醇子、森恵子共訳『物語る力 英語圏のファンタジー文学:中世から現代まで』偕成社 1995)

Eyre, Frank. *British Children's Books in the Twentieth Century*. London: Longman, 1971

Field, Michele. "Reminiscing with P.L.Travers." *Publishers Weekly* (21 March 1986):40-41

Fisher, Margery. *Who's Who in Children's Books*. London: George Weidenfeld & Nicolson Limited, 1975

Green, Roger Lancelyn. *Tellers of Tales; Children's Books and Their Authors from 1800 to 1968*. London: Kaye & Ward, 1969

Graham, Janet. "A Remarkable Conversation About Sorrow." the *Ladies Home Journal* (Interview on 23 June, 1965)

Heins, Paul. "P.L.Travers, *Friend Monkey*." *Horn Book* 48 (1972) : 53-54

Kunitz, Stanley J. & Haycraft, Howard, ed. *The Junior Book of Authors*. New York: The H.W.Wilson Company, 1934

Lawson, Valerie. *Out of the Sky She Came; The Extraordinary Life of P.L.Travers, Creator of Mary Poppins*. Australia and New Zealand: Hodder Headline Australia Pty Limited, 1999

Lüthi, Max. *Es War Einmal*. Guttingen: Vandenhoeck & Ruprecht, 1962 (野村汯訳『昔話の本質——むかしむかしあるところに——』福音館書店 1974)

Mickelson, Jane L.. "P. L. Travers: 1906-1996." *Horn Book* 122 (September-October 1996) : 640-4

Moor, Anne Carroll. "Mary Poppins." *Horn Book* 11 (January-February 1935) : 6-7

Riley, Carolyn, ed. *Children's Literature Review*. Vol.2. Detroit: Gale Research, 1976

Schwartz, Albert V. "Mary Poppins Revised: An Interview with P.L.Travers." *Interracial Books for Children* 5no. 3., 1974, *Racism and Sexism in Children's Books* ed. Judith Stinton. London:Writers and Readers Publishing Co.1979

Townsend, John Rowe. *Written for Children;An Outline of English-language Children's Literature*. London: Garnet Miller, 1965 ; revised edition, Kestrel Books, 1974. (高杉一郎訳『子どもの本の歴史』上・下 岩波書店 1982)

Yolen, Jane. "Makers of Modern Myth." *Horn Book* 51 (1975) : 496-7

索 引

● あ ●

『アー・ウォン』 7, 34, 36
アーノルド, マシュー 33
「哀歌」 15
『アイリッシュ・ステイツマン』 16, 31, 55
アディ, トーマス 40
アル＝ハマウィ, イブン・ハイジャト 49
安藤美紀夫 37
W.B.イェイツ 10, 11, 16, 31, 55, 56
「イタリアの絵画」 29, 31
ウィルキー, アラン 12, 14
「乳母の子守歌」 22
『海の旅、陸の旅』 35, 36, 38, 41
映画『メアリー・ポピンズ』 4, 44
「ＡＥの死：アイルランドの英雄、神秘主義者」 18
「踊る牝牛の不思議なお話」 22
「おのぼりさん」 16
オレイジ, アルフレッド・リチャード 20, 85
オレイジ, ジェシー 29, 34, 43, 56

● か ●

『飼葉桶の前のキツネ』 32, 41, 44, 79
『帰ってきたメアリー・ポピンズ』 9, 22, 25, 26, 27, 28, 32
『鏡の国のアリス』 77
『風にのってきたメアリー・ポピンズ』 4, 19, 22, 24, 25, 26, 28, 35, 50, 52, 56, 75
『かっこう時計』 59, 60
「悲しみについて注目すべき会話」 56
キーピング, チャールズ 46
「着物」 18
キャロル, ルイス 10, 77
『クライストチャーチ・サン』 15, 16, 21, 22
「クライストチャーチの園の木々」 15
『暗闇のローソク』 40
グルジェフ, ジョージ・イワノヴィッチ 21, 29, 43, 45, 46, 53

『公園のメアリー・ポピンズ』 8, 25, 26, 27, 32, 43, 59, 75, 82
「降参」 15
コット, ジョナサン 4, 5, 9, 17, 21, 31, 46, 47, 60, 71, 72, 81, 85
コッローディ, カルロ 50
「子ども時代の思い出」 32
「子どものために書いているのではない」 30
『子どもの本の8人』 5, 46
『木の葉の果実』 49
ゴフ, シセリー（妹） 6
ゴフ, トラヴァース・ロバート（父親） 6, 11, 55
ゴフ, バーバラ（妹） 6
ゴフ, トラヴァース・マーガレット（母親） 6, 14, 19

● さ ●

「作者からの手紙」 52
『さくら通りのメアリー・ポピンズ』 9, 26, 27, 32, 52, 53, 67, 78, 82
『サス叔母さん』 34, 35
シェパード, メアリー 26
『自伝風スケッチ』 4, 24
シュワルツ, アルバートV. 51
ショー, ジョージ・バーナード 17
「ジョニー・デラニー」 7, 34, 36
「末ながく幸福に」 34, 36, 37, 38
『砂の妖精』 59, 60
『世界児童文学ノートⅡ』 37
『空から彼女はやってきた』 4, 5

● た ●

「ただ結びつけることさえすれば」 5, 7, 11, 13, 17, 18, 23, 31, 45, 61, 62, 81
『ちびくろ・さんぼ』 50
「チビちゃんデカちゃんのためのお話」 22
「庭園についてのファンタジー」 15
ディズニー 4, 33, 44
ディロン, ダイアン 49

140 | 索引

索 引

ディロン, レオ 49
デマース, パトリシア 5, 37, 50
デュルクハイム, カールフリード・フォン ... 46
デ・ラ・メア, ウォルター 60
「天球のサーカス」 32
銅貨の裏側 31
ドーリング, ドロシア 45
『とびらをあけるメアリー・ポピンズ』
.... 22, 25, 26, 27, 31, 36, 37, 38, 62, 75
『トライアド』 15, 16, 21, 22

● な ●

「名前と名無し」 41
『ニュー・イングリッシュ・ウィークリー』
.... 20, 29, 31, 32, 43, 55
ネズビット, イーディス 10, 59
『眠り姫について』 45, 47, 50, 62, 84
「ノエル」 32

● は ●

バーナンド, マッジ 19, 20, 29, 43, 56
ハーメス, ガートルード 34
『ハチの知ること―神話・シンボル・物語論』
.... 54, 56
バナーマン, ヘレン 50
「母の歌」 14
「はみだし仲間のジプシーさん」 21
『パラボラ』 13, 41, 45, 46, 49, 53, 54
『P.L.トラヴァース』 5, 50
ビウィック, トマス 42
『ピノッキオの冒険』 50
「批評家のトレードマーク」 31
ファージョン, エリナー 60
『ふたつの靴』 45, 49, 50
ブレイク, ウィリアム 7
『ブレティン』 15, 21, 22
『フレンド・モンキー』
.... 8, 45, 46, 47, 82, 83, 84, 85, 86
ヘインズ, ポール 46, 47

ベルクステン, スタファン 46, 74
ホーン, ジョン・カミルス
.... 29, 34, 38, 43, 44, 53, 54, 56
ポター, ビアトリクス 10, 33, 47

● ま ●

マクナマラ, フランシス 29, 30 43
『マスナウィ』 50
「ミス・クイグリー」 53
『昔話の本質』 72
『メアリー・ポピンズAからZ』 25, 27, 44
『メアリー・ポピンズAからZ ラテン語編』 ... 25
『メアリー・ポピンズとおとなりさん』
.... 26, 27, 52, 53, 71, 78, 79
『メアリー・ポピンズと神話』 46, 74
『メアリー・ポピンズとマッチ売り』 22
『メアリー・ポピンズのお料理教室』 26, 28
『メアリー・ポピンズのぬり絵絵本』 26
メイスフィールド, ジョン 60
モアヘッド, ヘレン・クリスチナ（エリー叔母）
.... 6, 12, 14, 16, 19, 29, 35, 55
モートン, フランク 15, 16
モールズワス夫人 59
『モスクワ紀行』 20, 22

● や ●

「雪の中のピクニック」 32
『夜中出あるくものたち』 60

● ら ●

『ラーマーヤナ物語』 46, 83
ラッセル, ジョージ（A E） 16, 17, 18, 19, 20,
.... 21, 22, 23, 28, 29, 31, 54, 55, 56
リュティ, マックス 72
ルミ, ジャラルディン 49
ローソン, ヴァレリー 4, 5, 30, 53

● わ ●

ワーズワース, ウィリアム 61, 74
「わが村Ⅲ」 32

141

■ あとがき ■

　あれは私が修士論文を書くときのことだった。担当のイギリス人の教授に、児童文学で論文を書きたいと告げると、まず児童文学などきちんとした文学ではないと反対された。それでも次に教授が、児童文学にはどんな作品があるか尋ねたので、思いつくまま『メアリー・ポピンズ』の名前をあげた。すると教授はあきれたような顔で、「あんな子どもだましの、でたらめな作品はない」と切り捨てた。30年近く前で、まだ児童文学があまり市民権を得ていない頃の話ではあるが、暗澹たる気持ちになったと同時に、『メアリー・ポピンズ』はそんなにいい加減な作品なのだろうかという疑問がわいたのをおぼえている。　図らずも今回、トラヴァースの評伝を書くことになって、ずっと心にかかっていた疑問に答える機会を得た。結果は、この評伝を読んでいただければおわかりのように、『メアリー・ポピンズ』は、でたらめどころか、伝承文学を基礎にして、トラヴァースのライフワークと呼ぶにふさわしい素晴らしい作品であった。現在だったら、あの教授にきちんと反論できるのにと、残念である。

森　恵子

■ 著者紹介 ■　　森　恵子〔もりけいこ〕

日本女子大学大学院文学研究科修士課程を修了(英文学専攻)。
現在、武蔵野大学、聖徳大学で講師。英語圏の児童文学の評論、
研究、翻訳を行う。家庭裁判所の調停委員もしている。

■ 現代英米児童文学評伝叢書 8 ■

P. L. トラヴァース

2006年4月24日　初版発行

● 著 者 ●
森　恵子

● 編 者 ●
谷本誠剛・原　昌・三宅興子・吉田新一

● 発行人 ●
前田哲次

● 発行所 ●
KTC中央出版

〒107-0062
東京都港区南青山6-1-6-201
TEL03-3406-4565

● 印刷 ●
凸版印刷株式会社

©Mori Keiko
Printed in Japan　ISBN4-87758-270-3　C1398
乱丁、落丁本はお取り替えいたします。

刊行のことば

　日本イギリス児童文学会創設30周年にあたり、その記念事業の一つとして同学会編「現代英米児童文学評伝叢書」12巻を刊行することになりました。周知の通り英米児童文学はこれまで世界の児童文学の先導役を務めてきました。20世紀から現在まで活躍した作家たちのなかから、カナダを含め12人を精選し、ここにその〈人と生涯〉を明らかにし、作品小論を加え、原文の香りにも触れうるようにしました。
　これまでにこの種の類書はなく、はじめての英米児童文学の主要作家の評伝であり、児童文学を愛好するものにとって児童文学への関心がいっそう深まるよう、また研究を進めるものにとって基礎文献となるように編集されています。

　日本イギリス児童文学会
　　編集委員／谷本誠剛　　原　昌　　三宅興子　　吉田新一

◆現代英米児童文学評伝叢書◆

1	ローラ・インガルス・ワイルダー	磯部孝子
2	L.M. モンゴメリ	桂　宥子
3	エリナー・ファージョン	白井澄子
4	A.A. ミルン	谷本誠剛　笹田裕子
5	アーサー・ランサム	松下宏子
6	アリソン・アトリー	佐久間良子
7	J.R.R. トールキン	水井雅子
8	P.L. トラヴァース	森　恵子
9	ロアルド・ダール	富田泰子
10	フィリッパ・ピアス	ピアス研究会
11	ロバート・ウェストール	三宅興子
12	E.L. カニグズバーグ	横田順子